U0086115

面壁笑人類

祖慰著

三民叢刊94

三民書局印行

面對笑人臉

亡語成壁，面壁生語（自序）

祖慰

從佛家借用「面壁」一語，當然不是為成佛。

「面壁」語出《五燈會元》，曰：南印度僧人菩提達摩在中國南朝宋末，從印度來中國，「寓止於嵩山少林寺，面壁而坐，終日默然，人莫之測，謂之觀壁婆羅門」。

達摩在少林寺面壁九年，面的是空白、寂寞但實存的磚石之壁；我在巴黎面壁五年，卻面的是無形而熱鬧的外語之壁。達摩默然是自擇，我之失語是被迫。他面出了東土第一代禪宗的禪機、禪理；我面出了這本《面壁笑人類》的有感帶悟的散文集。

早在一九八六年五月，我作為中國作家代表團的成員去美國洛杉磯參加中美作家第三次會議。在馬里普海灘別墅裏的一個星期的會議，因為有兩名同步譯員的及時翻譯，尚未感到我不懂英語有太大的不便。在心理上也能平衡：中國作家不懂英語，美國作家不懂漢語，彼此彼此。然而，在會後的兩個星期的旅遊中卻感到了失語的心理錯位之大苦了。

第一站是新奧爾良。這是依傍著密西西比河的有著法美兩國混合風格的城市。更吸引人的是，《飄》——創下美國出版史上幾項最高記錄的暢銷小說，後經好萊塢搬上銀幕又成為全球最受歡迎的電影——的作者米契爾，就是在這座城裏用十年時間寫成這部有二十四種文字譯本的屬於世界的作品的。我們坐城市遊覽車觀賞新奧爾良市容，車上有位白髮的女導遊用英語介紹。當車經過每一人文景觀時，她的解說詞都能激起車裏懂英語的遊客的笑浪陣陣。我急著問身旁的翻譯：「她說什麼？大家笑什麼？」翻譯卽用漢語向我複述導遊的解說詞。然而，等我明白之後向窗外再看時，已不是導遊所說的景了，而是面對著另一個風馬牛不相及的景觀了。譬如，我聽導遊介紹《飄》的成書之地的掌故，當我的聽覺聽明白翻譯告訴我導遊的精彩講解時，我的視網膜的景像已不是米契爾寫作的故居，而是一座法國教堂！聽覺和視覺錯了位！這是生平第一次體驗到了在不解語境中令人萬分焦躁的感覺錯位！

之後，這種感覺錯位感不斷被強化，卽使我在與美國作家朋友進行平常對話時，也感到了「錯位」：我說好笑的事，希望她也笑，可是她木然對之；等我已興味索然時，她經翻譯聽明白了，卻錯了時間之位地笑了，笑得我心裏發毛！還有，本來是二人對話，卻偏偏摻進來一個工具性的第三者（翻譯），那種二人世界的尋求知己的屏蔽意境被掃蕩殆盡，只能說一些合乎禮儀的寒暄廢話！從此，我就很不情願地躲開所有說我聽不懂之語的人。默然。開始視語言是壁。無奈面壁。

好在，只有兩星期。

回國以後我並沒有立志去攻英語。原因有三：一是我學過俄語，雖是半途而廢，但已覺得學一門外語是一項智力投資的大工程。這「工程」到底有多大？在美國，接觸過多位漢學家，他們學漢語均有十年以上的學歷，還到北京或臺北留學過。可是，同他們交談時，覺得他們「十年寒窗」的漢語表達水平，高不過中國的中學生。他們對中國問題的高見還得用他們的母語（英語）來表述。那麼，我放下文學去攻英語，即使十載也還只是美國的中學生，何苦來著？第二，只要是把寫作當作終身職業來做，就注定不能離開母語語境和故土，就像天文學家不能離開星空一樣。這是「文學宿命」。既然一生注定在中國過，出訪時間或與外國同行打交道的時間，至多是千分之一的「生活」，為何要為「一」而去狠擠「千」呢？第三，有作家名分的人不會一門外語是不是太丟面子了？乍想有理，細究未必。已故的美國文豪福格納、海明威肯定不會說五分之一人類在說的漢語，他們心安理得；和我們一起開會的活著的美國作家，包括大劇作家阿瑟米勒和大詩人金斯柏格，也不會說中國話，人家沒有臉紅耳熱，為何中國作家不會說英語就丟面子？講不通。作家畢竟不是外交官也不是外貿經理。如果有人真感到內疚，那他一定信仰了一種東西：西方文化中心主義。倘真有此信仰，就不會當中國作家，而轉換成做「文化買辦」的角色了。

總之，我頑固地諒解自己沒有外語之短。

●

然而，三年之後（一九八九年六月）為反對北京街頭的一場大屠殺，我作了一點「忍看朋輩成新鬼，怒向刀叢覓小詩」的良知反應，就改變了「文學宿命」，被迫遠離故土和母語語境，命運把我扔到了全然不懂的法語語境中的巴黎。

這可不是兩星期的美國心理錯位式的面壁，而是不知何年是歸期的法蘭西的有可能蛻化成低智商「狼孩」的面壁。

●

真的，面對不懂的外語之壁，會修成「狼孩」！

到巴黎之前一年，我出版了一部十萬字的中篇小說《困惑，在雙軌上運行》。寫的是一對雙胞胎，一個成了神童，一個成了狼孩，後來，神童教狼孩提高智商，結果大大出乎意外：狼孩沒被教聰明多少，神童卻在教狼孩中漸漸傻化了。這是當今「信息社會」的新警世通言。若人總處在比自己智商低的信息環境中，就會如耗散結構論者所述，人的智商會在「熵增效應」中向低處滑落，滑向「狼孩」。

我面對著不可判讀的「法語之壁」，惶惶怵怵。忽然間我被投進信息量近乎零的環境中，就像關在不准讀書、不准與人交流的極權社會中的單身牢房裏。肯定越「關」越傻，越「關」越趨向「狼孩」。

在世界藝術之都的巴黎，我卻在惶恐著蛻變成一個文學「狼孩」。

●

信仰，是對自己的不信仰。

我到巴黎聖母院點亮一支燭，祈禱這聖化了的光明，能照出我扼制「狼孩化」的什麼妙法。通常認為唯一自救之途是立即苦讀法語。我卻在聖母前的燭光下悟得一個相反之計：面對天書般的「法語之壁」，正是文思不受任何「流行信息」之羈而能天馬行空的大好時光，快寫，快寫！我主在同你簽訂新的契約，你要接受心理性聾啞的新挑戰，只剩下眼和腦去感知世界，也許你塞翁失馬反倒領回了一群新馬……。

●

我面「法語之壁」而「袖手於前，疾書於後」——我雖沒有皈依上帝，但願執行與他簽下的自救契約。

是的，語言之壁使我和周圍實存的個人絕緣了；然而，這不正是我和抽象的人類合閘通「電」的機緣嗎？當我只用冥思與人類交通時，我忍俊不禁，既熱又冷地笑了。人類積澱五百萬年的智慧，何止是地球上的「萬物之靈」，起碼在太陽系裏是絕無僅有的了。何等了得！然而，恰恰是這種大智慧造化出了多少大愚蠢、大笑柄：發達的現代教育卻鬧出了天才過剩的滑稽；藝術的創新金律卻導致了可笑的「三寸金蓮」效應；自我實現的加速度反倒蛻化成了瘋樂的豚白鼠；除病延壽的醫藥為每個人的個體造下萬福，可對人類的類（物種）卻下了一副又一副毒藥；作為人的標誌的語言符號，在其大進步的過程中，往每一語詞概念中充填進越來越富足的信息量，結果是使大量語詞過飽「脹死」，使得人們患上在同一概念下違反同一律的可笑的邏輯病……羅馬俱樂部的驚世駭俗的實證報告，扳著面孔警告人類，科學的昌明同時是懸在人類頭上的「達摩克利斯懸劍」；我在巴黎的面壁胡思，寫在方格紙上，只是在一貫扮演崇高角色的人類的「大智慧」的「鼻子」上，塗了一塊逗人樂的丑角的白，讓人取笑、戲謔、揶揄人類。

我為自我拯救而寫。

笛福的《魯濱遜漂流記》記的是魯濱遜在孤島上的遊歷。我在失語大海中遇難，上了一個語言的孤島。在這個「島」上有人等於無人，反而突顯出了非人的動物。法國人會對我不會說法語而表示遺憾，動物絕不會對我不會說動物話有任何優越感。於是，我疏人而親動物。心的觸角探向動物。

曹雪芹在《紅樓夢》裏說，人情練達卽文章。他是在人之中練達人情的。我忽然發現了一個新的「練達」之法，卽不僅可用仿生學去造器物，亦可用仿生學去練達人情。又到了一個「別有洞天」。

獅子吃斑馬，吃出了「敵人」存在的大福，類推出人情中不可或缺「敵人」。青蛙的犬儒主義順應策略，使它成為地球上的動物元老之一，非英雄式地而又最佳地兌現了生物的終極真理——繁衍物種，人類的無視終極目的的英雄主義受到了質疑。雜技團裏會騎三輪車的猴類中的天才，是因為開掘出了十分之九的生物潛能。人若要防止「狼孩化」，猴天才通過騎三輪車給了三條啓示錄：先進的信息環境、最佳方法論和最大的激勵。

面「語之壁」，面出了仿生練達，面出了不同於曹雪芹的小文章。

我寫——禪宗六祖惠能悟得，禪修在日常生活中，運水搬柴皆是道，行往坐臥皆是禪；

那麼，我面「語之壁」的記錄，不全在書房，也在眼觀心思法蘭西之景中。到阿爾卑斯山去滑雪，沒有用身體去滑，而是用眼睛去滑，然後在腦螢屏上出現了令己驚駭的圖象——我的眼不見了，中外文化在我記憶庫裏的長期積澱，使我長出一個又一個的作古聖哲智者的鬼眼，取代了我的眼，我在用鬼眼看世界，看到的全是鬼傑們當年所看到的景觀……我記錄下來，成了〈眼的滑雪記〉。看到地鐵或街頭牆壁上的塗鴉，居然會像屈原看到神廟壁畫而發出「天問」一樣，發出「巴黎之問」，眼觀心問出了為什麼唯有中國字有書法藝術的學問。像鼴鼠一樣出沒於巴黎地鐵中的被壓扁了的胡思，思出了一大篇諧謔曲似的獨感獨悟。即使遊思去約會兩千年來的中國大俠，也能得往常難得之道：這是一個中國文化脊椎裏的黑白相間的灰色國粹。凡此種種，區別於名山大川的遊記，而是寫下了禪修式的對常景的文化遊思。

●

我寫，寫我在我的腦海中的奇遊。

一位大力士用己手之力提自己頭髮，想把自身提起來離開地面，是反牛頓力學定律的荒誕之舉；可是，我卻面對「語之壁」在做用我的大腦去思如何提升我的大腦之思（謂之〈思上之思八題〉），是否也是荒誕玄思呢？可是，這是多麼新奇迷人的「荒誕」啊！這裏沒有

「人情練達」，也無「世事洞明」，本應是文學的沙漠；可是，當我面對著「語之壁」觀「我思之思」時，沙粒中卻魔幻般地長出我從未見過的思上還有思的新綠。

「春風又綠江南岸」。

●

我咀咒失語。

我感恩失語。

於是，有了與我以前出版過的十幾本書迥然有異的這本集子。

但是，我更加惶恐失語。

因為，語言還是靈魂的棲所，我的心靈總不能老當流浪漢……

祖　慰

一九九四年六月於巴黎

面壁笑人類 目次

輯四／思上之思——八題

輯五／文化游思——七游

面壁笑人類

——八笑

富豪的「美感缺乏症病毒」

你看到這個過長的標題時，別以爲我又老生常談什麼「爲富不仁」或「金錢中毒症」；不，不是。罵富的人往往在潛意識裏最想富，就像精神分析派心理學家說的「過分的自尊卽是過分的自卑」一樣。富，是極有魅力的。富中自有「黃金屋」、「顏如玉」、「餚如珍」、「游如仙」、「氣如牛」、「慾如海」、「意如雲」……富幾乎能買來一切自由甚至「能使鬼推磨」，到達了差神使鬼的境界。求富，已成爲國家、民族、家庭和個人的「精神馬達」。只要不像黑手黨那般殺人越貨、販毒開賭等不遵守社會契約的攫富之法，那「馬達」就不會開到懸岩上去。

我要佈的道是美學上的教義：那些長年累月過著最頂尖富豪日子的大富婆、大富翁們，會患一種沒治的「美感缺乏症」。

信不信由你。

幾年前，我爲一本文學雜誌開過一個美學專欄，造出了一個新概念：「美感缺乏症」。我是從明朝大旅遊家、大地理學家徐霞客的一句名言——「五嶽歸來不看山，黃山歸來不看嶽」——生發開去的。他的審美閱歷證明：觀賞了泰山、衡山、華山、恆山、嵩山等東南西北中五嶽，一般的山就不屑一顧了；從黃山遊罷歸來，那連五嶽也不會再產生美感了。

我由此推理覓得同例：大戲劇家沒有戲看，大電影家沒有電影看，大小說家沒有小說看，大美食家沒有美食吃，因爲這些人都是在自己事業的領域裏欣賞了最高精尖的似黃山一樣的審美對象，「曾經滄海難爲水，除卻巫山不是雲」，就會患百無聊賴的「美感缺乏症」。接著我歸納出一條美感定理：每次審美活動，倘若審美主體不能從審美客體上獲得超出其審美經驗的審美信息量，就不會萌發出有極大愉悅的、物我相忘的美感。

近來，我把這條美感定理往我們的日常生活上一套，哦，一條有趣的次級定理被推論出來了：富豪的生活是快速耗盡美感資源的生活，因此是導致「急性美感缺乏症」病毒；越富豪，病毒的毒性越烈。

去年去世的美國億萬富豪馬爾科姆．富比士，據稱，在大洋洲的斐濟島買了一個美麗小島，在法國諾曼底擁有一座十八世紀的古堡，在北非摩洛哥有一座富麗堂皇的行宮，在美國蒙大拿州購置了八千公頃的大牧場，在紐約曼哈頓島上，有一座大廈，一架波音七二七專機，一艘豪華遊艇，一套拉斐爾前派的名畫，十二件嵌琺瑯和寶石的金蛋……這位列入當今全球四百名巨富榜的閱盡人間春色的人，舉世慕煞。大眾媒介大肆渲染他的「永遠歡樂」的生活，讚頌他的人生格言：「生命的最大目的就是好好過它，趁你還活著，全力以赴」。似乎他是快樂終生，審美資源取之不盡、用之不竭，最後在一個豪華的歡樂派對之後在睡夢中溘然長逝。然而，這些感受不是出自富士比的自述，而都是那些不是富豪的騷人墨客形容的，實在可疑。

民間俗語說：「飽漢不知餓漢飢」；同理，平民也就難以體會富豪們的什麼美事也提不了神的膩味。就說這位富比士吧，據說有三個「最愛」：大明星伊麗莎白·泰勒的戀情、哈雷摩托車和熱汽球。這「三愛」也許正好可以證明他「曾經滄海難爲水」的不爲世人所知的「深層情感結構」。一個大富豪一定是各種豪華車玩膩了，才去尋求與豪華無緣的危險的「肉包鐵」的摩托車刺激。在富比士七十高齡時還騎哈雷牌摩托車載著伊麗莎白·泰勒去參加派對。據說他還騎著摩托車穿越印度、巴基斯坦和中國大陸，那就更證明他在尋求一種強烈的危險的刺激，不這樣不足以引起他的興味。至於他一九七四年乘熱汽球，經歷三十三天、行程四千五百公里、歷盡艱難從太平洋飛到大西洋，那更是一種冒險的刺激，甚至他坐汽球飛越北京上空爾後落在一個軍事基地禁區，那更像德國青年駕機偷越蘇聯領空降落在紅場的獵奇故事了。人稱「玉婆」的伊麗莎白・泰勒，我曾在倫敦的一家大商場撞見過，顯然是人老珠黃，再不是「女人最佳基因感性顯現」的美人體。他爲什麼不去找那些唾手可得的比泰勒年輕美貌的美人兒？因爲他已經歷了太多的風流（報刊稱他曾經風流事迭起），終於，他這位獵豔者已經患了「除卻巫山不是雲」的對美女的痲木症，於是轉換了價值標準，覺得風韻雖退但人生閱歷不凡的泰勒，其文化符號之美仍可作爲他的「最佳玩件」，一塊兒在派對晚會上亮相玩玩而已了。

還有一則報導，美國比佛利山莊居住著富豪的子弟，牙牙學語之時父母就爲他們花幾萬美元過生日。初中時就有坐豪華大禮車——四十英尺的加長黑色豪華大禮車，內有電視和兩個酒吧，還有一個三英尺半的侏儒當侍者，在車裏自由走動無礙，爲小主人調製果汁或奉上點心。假期或去瑞士滑雪，或到法國藍色海岸享受地中海陽光。每季要花上十萬美元治新的時裝。十五歲就穿上了貂皮大衣。寵物有狗、貓、烏龜、天竺鼠、豬、猴子或小猩猩，由他們任選。爲請同學開個嘉年華會，除了請樂隊、歌星造氣氛，還得有魔術師、小丑湊趣。就是這些天之驕子，快速消費掉當代的各種美的資源，感到一切都無聊，有些人就吸毒去尋求「太虛幻境」，或者在製造槍殺父母等驚世案件中尋求超烈性刺激。

絕大多數人過不到上述那樣的豪富生活，也許對他們的「美感缺乏症」不可思議，那麼，我們來做一些有趣的思想實驗。

實驗一：

假定，你得到了一公斤 Beluga 鱘魚產的魚子醬，產自俄羅斯裏海，色澤淡灰，顆粒碩大，價格高於黃金，歷來是皇家、貴族珍饈，接連食用，餐餐有它，其特異美味會不會隨著食用的重複次數的增加而遞減？你的答案定會是「是」。那好，再由此推論，大自然要造化出鱘魚，用了幾十億年的時間，可是你不用一個月就吃膩了。同理，美國的大峽谷、中國的黃山和九寨溝、歐洲洲際的多瑙河和萊茵河、大洋洲的草原、非洲的叢林……絕不是詩人說的「百看不厭」的自然美景，只用兩、三次就消費殆盡；可是，大自然造就它們都是用了幾十億年。幾十億年的美景、美味，人類只用幾天、幾十天即可賞膩，大自然的造美速率遠遠、大大、絕對滿足不了人的消費美的速率。而富人們還憑著財富更加速地消費自然景觀，豈能不患「美感缺乏症」？

實驗二：

據說，中國是飲食文化最發達的國家。假定，你是當年的慈禧太后，每餐有御廚做出中國十大菜系的上百種菜，色、香、味、形俱全，擺了一個特大筵席。據正史野史稱，這位太后因為天天食用最精美的食物，很快就有「厭食症」了，下筷極少，上百種珍餚成了擺設。

你能例外嗎？當然不能，因爲你的舌上的味蕾同慈禧的味蕾有著同一物種的同構性。中國諺語說「食在廣州」，如果你去廣州天天享受粵菜，不出一個月就無新鮮感了，家家乳豬、蛇羹、鳳爪、冬瓜盅等全是大同小異。

儘管不同的廚師做的爆炒眼鏡蛇絲味兒有所差異，而每位廚師兩次炒的也不會完全相同，但是，可惜我們的味覺細胞不能精辨和享受這種細微差異，還是覺得雷同，食多就厭。由此可見，幾十年甚至逾百年形成的菜系、名菜，不出一月即可吃膩。人造美的速度也遠低於人的消費美的速度。縱使時裝，雖年年有新的潮流，但變來變去是來回重複，時興一陣高領，接著換了矮領或無領，再過一陣高領又復活了，還是不能永遠新鮮。大明星黛安娜羅絲買下了一雙價值四千美元的鱷魚皮短統高跟鞋，既有鞋本身的美，也有顯富的符號美，可是，她一步到了美鞋的極致，下次哪有更美的鞋可選？再推廣而去，金字塔、羅浮宮、梵蒂岡聖彼得大教堂、萬里長城、迪斯奈樂園、劍橋大學校園、荷蘭小人國……等等人造奇景，創造出來很難很慢，尤其是別具一格的高精尖的人造美景的創造更難；可是，人類的觀賞消費卻很易很快，一目了然，一目而了！

寫到這，我就要丟出幾句美學上的偈語供你去參悟了——

——人是唯一能審美的動物；

——沒有美的生活只是生存；凡稱爲美好的生活都是充滿情趣的生活；

——可是一切天造、人造之美造之太慢太少，而人消費得太快太易；

——爲了你的一生都充塡美趣，不要憑藉財富去加速消耗美，不然你很快就會患「美冷感症」；

——爲了預防「美感缺乏症病毒」的感染，除了與你的事業有關的美必須高消費（因爲審美經驗決定你的創造力的品味），其他的美，必須精打細算地消費，例如看山，得先看普通的山，再看嶽，再看黃山，別一步登上了那「仙、奇、絕、靈」的天下第一峰；

——窮人是美感未曾開發的人，可惜了人生「美礦」，無能去開掘受用。富人是美感開發得過多過快的人，覽盡人間春色之後再無甚者可取，落得個麻木不美。不如追求其中，不要特別裝點你的居室，不要把大自然的精華移進庭園，不要整日錦衣玉食，不要收藏和頻賞藝術珍品，無華、殷實、方便是求，一旦你進入「第三空間」（卽工作和生活空間之外的第三種遊樂空間）去享受「閑暇美」（度假美）時，每每有超越你平常的無華生活的「相對豪華」，立卽就會像點燃節日焰火禮花一般地頻生出輝煌的美感來。哦，沒想到孔子的「中庸」之道竟成了釀美新法！

曹雪芹的一部《紅樓夢》唱的是「好了歌」，好卽了，了卽好；何不在防治「美感缺乏症病毒」之後譜一曲「美而不了歌」呢？

一九九二・五・於瑞士

天才過剩

面壁。佛說是返回我心，六根清淨。我說是心騖八極，要重新給世界一個「祖氏編碼」。有人評價畢加索和愛因斯坦，說他們一生玩一種很相似的遊戲，先把世界的秩序抖它個大亂，然後按他們的「立體主義」、「相對論」作爲編碼程序，再編出一個嶄新的秩序來。其實何止於他們倆玩這種人生遊戲？老子用《道德經》編碼；歐幾里得用幾何學編碼；牛頓用機械論；弗洛伊德用泛性論；馬丁・路德以新教；普里高津以耗散結構論；馬奎斯以魔幻現實主義……只有人才會玩這種給世界或局部以不斷編碼的遊戲，一種面壁而又天馬行空的對信息進行超常整合的遊戲。其樂、其苦皆無窮。

我在巴黎的「騾齋」面壁，欲東施效顰地抖亂我所感興趣的世界某些秩序。首先向萬物之靈的人類：天才是人類數千種語言中的絕對的褒義詞，人人都想成爲天才；倘若五十億人全成了天才，世界是更好還是更壞？

這是個「騾子式」的困惑。我在中國大陸弄文學，因喜歡文、理兩科雜交，自我調侃爲「馬驢雜交的騾子文學」。到巴黎，把書齋命爲「騾齋」，因爲在異國，又平添了文學的「中西混血」的機率，就更是「騾齋」了。面壁多時，雜交了一個「天才過剩危機」的同人類開開心的雜文題目。

魏格納在病床上凝神於世界地圖，突然發現各大洲原來可以拼合成天衣無縫的一塊，設想遠古大陸是一個大板塊，後來因地殼運動裂開飄移成現在的樣子，創立了「飄移說」。我呢，隨便翻開巴黎報紙，在招聘廣告欄裏忽然發現，連篇累牘登著急聘車衣工、侍候生、保姆、清潔工、廚師助手、工廠裝配工……這類工作絕不需要高級學歷；而對於有高學位的人的需求廣告，稀有得如鳳毛麟角。於是我也產生了魏格納式的奇想：莫非因爲這兒的教育事業太發達，而導致了智慧過剩的災害？

可能是的。在所有教育高度發達的國家，例如美國、日本、西德、法國等等，都是受過高等教育的人比受過低等教育的人，求職難上百倍。除了少數朝陽性的幸運專業之外，大部分專業，尤其是文科專業的高級職位全部人滿爲患。大博士失業的嘆息聲到處可聞。高學位的人普遍患有「求職焦慮症」。就像在中國大陸，那兒的女人嫁人的價值取向是要找一個比自己高強的男人，於是學位越高的越漂亮的高品位女人都患有嫁不出去的焦慮症。大博士

「嫁」不出去，因爲他（她）追求學有所用、學有所報。古中國諺語說：讀讀讀，書中自有黃金屋；讀讀讀，書中自有顏如玉。然而在法國等發達國家，讀了二十多年的博士得到「黃金屋」、「顏如玉」的概率越來越小了。當然，若博士能降尊紆貴，肯去餐館當服務生什麼的，卽刻就能如願，只須在報紙大量的招聘廣告中隨意選一個，打個電話去就成，就像美女肯下嫁夫婿俯拾皆是一樣。但是，「下嫁者」立卽就會引發「鮮花揷在牛糞上」的心理病。

懷才不遇的忿懣併發吸毒、酗酒、縱欲和厭世。

人類的智能、教育資源像過剩的產品一樣被無功摒棄。

「金字塔尖」裏的天才們因過分擁擠而導致像過分擁擠的老鼠一樣噬咬惡鬥。

面壁。忽悟是人類最值得自豪的教育，因爲其功能彌散，釀出發達國家「智慧過剩」的禍端！

教育原本的功能是爲培養人才。聰明的人類，通過教育把積澱的駕馭自然、組織社會、開發自己等知識有效地傳承給後代，使後代用最短時間走過前面人類的文化發育史，再生發出新的文化史來。這個功能決定著教育必須根據社會當時的人才需求比例而培養。社會要什麼、要多少是最高指令。

然而很不幸，人類發明了崇高的「人權」概念，把教育變成「天賦人權」的一個重要內涵。從美國的〈獨立宣言〉，到法國的〈人權宣言〉，直至聯合國通過的〈世界人權宣言〉，都稱人人生而平等，應享有各種基本自由及勞動權和其他經濟的、社會的、文化的各方面的權利。由此推理，要平等地獲得這些人權，首要的是人人獲得機會均等的受教育權。於是那些尊重人權的發達國家，給教育增添了崇高的人權功能，只要教育經費許可，先是實行免費十年制教育，然後盡可能開設更多的大學，最好是所有公民都是大學生、大博士、大天才。

培養人才的比例問題在崇高的人權功能名義下被消解了，禍起蕭牆。這兒就是蕭牆。

宇宙自有序的大爆炸以來，凡系統，其組成系統的各部分必須合乎比例。君不見地球大氣有恆定的各類氣體的比例，蜜蜂有蜂王、雄蜂、工蜂的恆定比例，人類有百分之五十一的男嬰和百分之四十九的女嬰的不知其控制機制的神奇比例……任何比例的破壞意味著對系統生命的殺戮。

古希臘數學家畢達哥拉斯發現合乎比例才是美。

毫無疑問，人類社會系統的人才結構也要合乎比例，這比例是個「金字塔模型」，高級人才需求量少而低級人才需求量大。日本心理學家還做過一個統計，超高智商的所謂天才兒童，只有千分之三左右的比例。換句話說，遺傳學上就在保證人才結構的金字塔形。

但，人類為了智能平等的「天賦人權」，硬是用教育手段在破壞這個社會對人才的需求比例。在發達國家，金字塔尖的高級人才大量過剩，而塔底的中低級人才奇缺。塔尖處的人寧可惡鬥或荒蕪，不肯屈尊到塔底來，這些發達國家只好從落後國家大量進口勞工。德國進口土耳其勞工，法國進口阿拉伯勞工，美國進口南美勞工，澳大利亞進口中國勞工等等。這就雪上加霜，除了智慧過剩造成前述的種種禍端之外，又增添了棘手的種族問題、宗教問題、人口問題及本國人失業比例高揚的許多社會問題。

人類：聰明反被聰明誤、崇高反受崇高害！

在這一點上，蜜蜂比人高明。幾個同時孵化的蜂王，先孵出者立即把其他未孵出者殺死，以保證只要一隻蜂王的蜜蜂生態系統的合乎比例。

向聰明而又愚蠢的人類（當然包括我在內）提出幾個不近情理的反問題：

——人類不必像蜜蜂殺過剩蜂王那樣殺多餘高級人才，但能否學蜜蜂那樣大大減少「蜂王競爭者」？

——能否改變價值取向，不把受教育當作人權的一部分，而當作無尊卑的社會分工？工蜂會向雄蜂或蜂王要「蜂權」嗎？若要，蜂群皆滅，是不是？

——不發達國家有文盲無礙，文盲有文盲的工作，關鍵是按社會發展的所需比例而培養人才，如何？

——發達國家不必關掉許多多餘大學，而是改造大學。一位地下鐵道裏的清潔工，無須高學位；但，他要能機會均等地審羅浮宮之美、機會均等地競選總統，應該具有與職業無關的現代人文化品質。因此，這些國家的教育宗旨應是：既普及提昇現代人的文化素質；又按社會需求比例培養各類專業人才。贊成否？

倘若世界上全是弱智人，人類不會輝煌；如果全是天才呢，歷史也必定黑暗。

面壁。胡想。此刻我寫下的是「滿紙荒唐言」呢？還是人類跌進了一個美麗的教育怪圈？

一九九〇・七・於維也納

超越自我之禍

面壁。自嘲。無比榮耀的萬能的人，卻又極爲低能，極爲愚蠢。

不錯，人能輕而易舉擒殺龐大而凶殘的天敵——虎、獅、鯊、鱷、蛇……甚至人類還擁有可以消滅全人類五十次以上的核武器；但是，人卻對付不了極小極小的（電子顯微鏡下才能看見的）最低等生命形態的（連細胞結構都沒有的）病毒，例如被稱爲「二十世紀瘟疫」的愛滋病毒，人類在它面前是絕對的失敗者。

愛滋病毒遠比成吉思汗、拿破崙、希特勒的戰績輝煌：一九九○年悄悄地擊斃人類七十萬，帶毒者已達八百萬；到本世紀末將擊斃六百萬，帶毒者上升爲兩千萬；在非洲和美國的一些地區至今已經感染了三分之一的人口！橫掃五洲，無攻不克。

具有幽默的哲學味的是，愛滋病毒是通過人類渴求的極樂之時——美感極致的性高潮及使人飄飄欲仙的注射入毒品之時——而攻入人體的，是一位大喜大悲共時兼容的征服者。

人類在恐怖的好奇心態下尋找著這位大喜大悲魔的魔窟。

有人說，愛滋病毒原出於非洲綠猴，綠猴傳給了非洲人，非洲人傳給了海地人，海地人傳給了度假的美國同性戀者，美國同性戀者帶回本國，美國擴散至全世界。——這種詮釋，說明人類「血口噴猴」，太不厚道。綠猴同非洲人共處起碼超過兩百萬年，爲何直到約八、九年前才發現愛滋病的症狀和在七年前（一九八四年）才由法國科學家識別出病毒？這明明是人類新患的一種惡症，人類史上從沒有記載，不像其他人類之症皆有紀錄。綠猴倒可以向「生物學法庭」反控訴，指控人類胡爲而產出新病毒禍及綠猴，尤爲惡毒者，還來個「惡人先告刁狀」！

冷戰時代的戰法主要是惡語相戰。於是，蘇聯人說，愛滋病毒是美國的生物工程試驗室生產而不愼放了出來的，首先害了美國人。但是，美國人卻說蘇聯人有目的製造了這種病毒悄悄弄進了性革命的美國人的精液、血液甚至是長吻時分泌出的唾液裏——這類蓄意的敵對攻訐有幾分可信度？不證自明。

面壁。讓意識流在高溫的心溫下揮發成「意識汽」。若霧若雲。七彩的飄搖。人類在二十年前的登月畫面。笨粗的宇航員跳躍得輕若飛鴻。第一次擺脫地心引力。宇航之父齊奧爾科夫斯基的超越預言：地球是人類的搖籃，人不會永遠在搖籃裏。呵，人類在二十世紀七十年代初就獲得了第二級宇宙速度（十一・二公里／秒），第一次超越了地心引力，飛出「搖籃」。是的，卡西勒說人是符號的動物，我說人是圖謀超越自然給定的動物。超越爬行，超越森林，超越生食，超越雲層，超越地球，超越視域，超越聽閾，超越自我……

咦？超越與愛滋病毒有無相關性？

人類的自身也許是超越不得的「宿命體」。

從單細胞生物進化到人，據說大自然整整用了三十多億年的精雕細琢。能超越萬物的人的自身，卻是不可超越的「宿命體」。不是嗎？體溫三十七度，超越就是發高燒。細胞分裂五十次，恆牙三十二顆，眼睛一對，手指十個，每分鐘心臟律動六十至八十次，百米賽跑不可能超過老虎、獵豹，因爲腿的結構上限已被物種屬性而「宿命」……人的自身在他的給定的生態環境裏是不可超越的「宿命體」。可是，絕頂聰明而又絕對愚蠢的人類，總想超越這個宿命，或者肆意改變生態環境，或者任性放大自身某些器官的功能。人類得到的報應是：雖然個體生存感覺越來越舒適，而整個人類物種面臨毀滅的危險都隨之越來越大。

暢想開去。從動物學書上，從獸醫學書上，從來沒看到動物患性病。性病似乎是人類的「專利」。何故？先從生命的目的性想去。生命的目的是「拷貝」基因，複製物種，使生命綿延繁衍下去，如此而已。那麼生殖活動就成爲生命的目的性活動，就要使它成爲生命最樂爲的活動。植物在生殖時，其性器官（花），具有植物最絢麗芬芳如多彩多姿的形態，以保證完成生命的延續。任何動物，發情期間，最富有生命力，而且能獲得最大的「釋放快感」也是爲了保證生命的繁衍。大自然使千千萬萬種生命都有自己的一套生殖程序。每個生命若按各自的生殖程序操作，就不會有病態。在人看來，動物的交配，是何等的「不衞生」，但動物沒有性病，因爲在長期進化過程中各類生命已建立了一套有效的免疫系統。人在原始時期，他們的性活動和動物一樣「不衞生」，卻無妨，醫學告訴我們，女性生殖器內的分泌液有殺死在「不衞生」條件下可能有的病菌、病毒。原始人類不會有「花柳病」。

也許由於人類逐步有效地改變自然，這種成功心理定勢，促使他不相信自身有生物學程序上的「宿命」。在性活動上，首先根據宗教的教條，對人進行各種方式的性禁忌，以虐待自我的方式來破壞人的物種所宿命而定的性程序。負方向的「超越」。這種禁忌常常只針對女性，而對於有勢的男性卻是縱慾，《金瓶梅》中的西門慶是縱慾之傑。同時，在禁慾中還產生了「妓女」這個動物界所絕對沒有的職業。在這裏的性活動程序是正向的「超越」：性瘋狂。這兩種「超越」，伴生出許多性病來：梅毒、淋病、軟下疳、性病性淋巴肉芽腫等，還有由於性壓抑而生的非病菌、病毒感染的精神病。到了二十世紀，弗洛伊德在精神病領域發現了性壓抑的致病原因，由此發展出一套泛性論，逐步造成了一場全球範圍的「性革命」、

「性解放」。性技術發展到登峰造極的地步，各種性工具、性藥物成爲最暢銷之物，性電影、性雜誌大行其時，電視臺請性博士不斷地指點「如何做愛」……人類在性文化的指導下，從正向遠遠超越人種所宿命既定的性操作程序。在動物界，任何動物不會去搞超物種交配，斑馬不會找羚羊，狗不會找貓，喜鵲不會找烏鴉。這是爲了保證物種基因不被「竄改」的必要程序。即使用人工進行動物間的遠緣雜交，也絕不會繁殖後代。可是，「性革命」的人，卻發明了「人獸交配」！

面壁。給人類帶來感官極樂的「性革命」各種畫面。在繪聲繪色半仙半死極苦極樂的「叫床聲」中，疊影進原有性病之魔更加肆虐的場景，還看到新的性魔——皰症、愛滋病——所向無敵。「性革命」就是徹底革掉（或超越）大自然花三十多億年時間爲人創造的最佳生物學程序中的性程序。離奇的上百種做愛技術，五花八門的化學「春藥」，反人性的同性性交（口交、肛交）、自慰（各式性工具使用）和人獸交配……人超越得太遠太遠了。爲什麼不類比思維一番？生命的起源乃是隨機的超常組合，所有生命都是四個核苷酸的多級組合；那麼，人類在性程序上引入那麼多遠離常態的東西，超常組合出新病菌、新病毒，不是增大了概率嗎？藥物既然能產生抗藥體病菌病毒，爲什麼「春藥」不可能使原有無害菌、毒而轉變成有害的？人獸交配爲什麼不能把對獸無害而對人有害的病毒帶進人體？爲什麼……

驚悟：對一切宿命體的超越是滅亡。

可是，愚昧到自戀地步的人類能回到大自然傑作——正常的生命生產程序上來嗎？

一九九二・七・於摩納哥

醫：萬福與隱患

一

在一次病後，我面壁內省了一個近乎瘋人瘋話的話題——醫學是人類的毒藥。這問題的邏輯竟然與上帝創世紀邏輯相吻合。

第一次被巴黎的流行性感冒擊倒。好慘。法國人無論男女世稱都是柔水，可無雌無雄的法蘭西流感病毒卻無比崢嶸。燙。大氣一定被點燃了！酸。人體六十兆的細胞似乎全被灌進了劣等醋！無休止的僞裝性滿足的惡夢：或正在開一個怎麼也打不開的透明冰櫃，裏面全是冰涼可口的飲料；或正躺在楓丹白露皇宮的拿破崙的「龍床」上，但忽然斷了一條床腿，不得不去修不知如何下手的床腳……。一陣像山崩似的頭的裂痛，醒來，意識到正在受超微級敵人——病毒——施於我種種酷刑，而且不要我的「口供」，求饒投降也無門！

唯一救我出獄的是人類絕對贊頌的醫學。一包高濃度阿司匹靈下肚，一陣急汗，立即還我溫煦，蕩盡瘦脹，大腦又清冽似陽春山溪。只是還無力起床，朝天面壁（天花板），思維又有了天馬行空的野性。

本是白色得空無的天花板上，倏然被聯想和記憶「臨摹」了米開朗基羅的傑作——我曾在羅馬的西斯廷教堂昂著脖子觀賞了很久很久的穹頂畫《創世紀》。這一幅，上帝在造男人；那一幅，上帝在造女人；再一幅，男人和女人聽信蛇的誘惑，吃了禁果，有了智慧，立即種下大禍，被上帝逐出伊甸園，終生服苦役以贖原罪……

好一個上帝的荒誕邏輯：人有智慧就有禍。

「醫學不正是造大福於人類的一種大智慧嗎？」在我剛剛受大惠於醫學解除了酷刑似的病痛之時，卻要專門去挑剔醫學給人類帶來的災禍，不悖理可笑嗎？是我笑人類，還是人類笑我？

二

打開貝特曼（Otto L. Bettmann）的《圖解世界醫學史》，有個有趣的記載：紀元前二五五〇年古埃及就豎起了一個世界最早知名醫師的塑像，名爲塞克特（Sekhet），他手裏拿著兩笏，象徵智慧與權力。銘文記得很清楚，塞克特是薩呼拉法老的總醫師，最大的貢獻是「治癒了國王的鼻孔」。

這個最古老的醫師塑像，起碼有這幾個符號意義：一、醫師是智慧的職業；二、醫師是最早最受尊敬的職業；三、最好的醫師爲最有權的人服務。一、二兩點證明醫學爲人類造福，而第三點就有可能爲人類肇禍了。

達爾文發現，美輪美奐的生物界，之所以能不斷進化、不斷完美，那是因爲凡生物都遵循一個物競天擇的原則，優勝劣敗，把最適應自然的留下來，把最不適應者淘汰掉。在一個猴群那裏，你會觀察到具有最優秀基因的猴王、猴王后等，得到最優的食物、最優的保護和最大的交配繁殖權，因此，猴群的生理品質一代比一代好。

醫學因爲它優先服務於有權和有錢人，就有可能破壞物競天擇的生物進化公理。

《史記》記載，秦始皇體弱、雞胸，有羊癲瘋。他最有權力，但他是人類基因中的劣等基因，他卻受到醫學的最大關愛，而且在阿房宮裏有一萬多嬪妃供他交配傳種，把劣等基因遺傳下去，而這些第二代劣等基因又會受到醫學的最佳保護。秦始皇還企求長生不老，讓方士們去東海採長生不老藥，以求他的劣等基因萬壽無疆！

人類社會的有權和有錢者，未必是生理基因最優者，按統計規律，大部分基因是中下等水平。在世襲制時期，一個人的權力和財富是由門第來決定的，不是猴王那樣的由本人的基因來決定的。即使是現代民主社會，沒有了世襲制，但是教育又在干涉物競天擇原理。當代最有能力者是受教育最好者，不一定是基因最佳者。基因差的受教育好的人，通常超過基因強但受教育差的人。決定反法西斯戰爭勝利的三巨頭——羅斯福是位小兒痲痺症患者，邱吉爾是過於肥胖者，史達林是位偏矮的而且是有偏執狂的精神不健全者。人類社會靠智商治理，而人類的智、體表現卻常常分裂，因而最有錢和最有權者可能是智商最優者，但常常是身體基因的不優者。

醫師，自古以來根據付醫藥費的能力，絕對地最優保護最有權和有錢者，因此絕對保護了不是最優基因者，破壞了物競天擇原理，給人類的基因庫釀成隱患，人種可能不再進化。

三

面壁。人類的寵物大熊貓（貓熊）快滅絕了。為了搶救它們，孩子們都上街為貓熊捐款。動物園精心用人工授精繁殖，可惜一年最多只能產下一至二仔。爲什麼不能像老鼠那樣一窩生下七、八隻，每三個月就生下一窩？爲什麼太平洋熱帶島嶼上的象龜能活三百多歲，而可愛的「貴婦人」小狗只能活十年左右？

這一串問得蹊蹺的孩子式的問題，卻問出了一個「生命對策」的玄妙哲理。

生物學家歸納統計發現：凡壽命短（包括天敵太多而造成的平均壽命短）的物種，其繁殖率一定高；凡平均壽命長的物種，其繁殖率就低。這就是生物學上的壽命與繁殖反比例關係的「生命對策」。

人類在大自然界的平均壽命已被規定——凡人的細胞只能繁殖五十代，在原始狀態平均壽命約三、四十年左右。「人生七十古來稀」，到七十歲已是頂峰值了。繁殖率是年生一胎，極少數的雙胎、多胎。嬰兒死亡率高。人之初的天敵——劍齒虎、狼、豹、獅等大型食肉動物都能傷害人，非食肉的猛瑪象、野牛、野豬、蛇等等也能傷害人。除了大型天敵外，還有超微型天敵——病菌、病毒。此外，還有可能因突發的自然災害、人類相互殘殺而死亡。

人類的武器文明及遠離森林而生活在人造的第二自然中，已杜絕了大型動物的傷害。人類的預報災害技術及防災能力，也使天災的傷害程度大大減低。

醫學的突飛猛進，非常成功地對付了許多病患。一三四八年的幾乎擊潰歐洲的鼠疫大流行，十五世紀末的世界性梅毒大流行，十九世紀肆虐美國南方的霍亂，奪去無數生命的結核病……都成爲翻過去的歷史的一頁。由巴斯德開創和柯霍確立的細菌學使病菌病毒等「隱形」的人類天敵顯出了原形，藥物學和免疫學使許多不治的病能夠治癒。婦產學、兒科學使嬰兒死亡率大大降低。總之，醫學使人類的平均壽命成倍地延長，許多發達國家都接近八十歲。如果沒有比戰爭還傷亡得多的汽車車禍死亡，如果不是大工業使環境質量惡劣導致癌症上升，如果不是食品過豐過精造成文明病心臟病和糖尿病，發達國家的平均壽命早就突破九十歲了。

壽命延長，對於每一位害怕死的人來說是個大福祉，但對於人這一個物種來說，可能是大不幸。動物界的老齡動物，或病死餓死，或被天敵吃掉，以保證物種生氣勃勃。而人類醫學中的老年學卻使老齡人越活越長，成爲社會的巨大負擔。生命都是通過老卽死的規則而使物種興旺和進化的，因此愛因斯坦說：「沒有個體的死亡就沒有物種的繁衍」。宇宙有一條總定律，萬物都從有序而導致無序，有效能量會轉化爲無效能量。生命之所以能在一段時間內不斷進化（卽從低有序進展到高有序），就是因爲生命能使低序化了的生命（老衰生命）死掉，而且是及時死掉。不然，別說進化，連物種賴以生存的資源及環境都會遭到破壞，導致物種大規模死亡。倘若人類壽命的延長不能保證人的創造活力的隨之延長，那一定是個大災難，尤其是在地球資源越來越拮据之時。

更爲糟糕的是，醫學在延長人的壽命之時沒有按「生命的壽命與繁殖的反比例關係對策」而減低繁殖率，恰恰相反，大大提高了繁殖率。隨著壽命的延長，男女的更年期（絕育期）也隨之推後，繁殖期延長了。人口基數空前增大，現在已突破五十億，總體繁殖數成幾何級數激增。前面已說過，醫學使嬰兒成活率大大提高，繁殖效率也大大提高。一言以蔽之，醫學促使了人口大爆炸！

大自然說：「生命對策」是不能摘吃的禁果。

可笑而可悲的人類，卻攀著醫學的智慧的雲梯上去把禁果給摘吃了，多麼可口而可樂：壽比南山，人丁興旺。

這禁果分明是有毒的蜜果。蜜，凸顯在感性中；而毒，卻深隱在理性裏。福，賜予人類的個體；禍，沉積在人類的物種中。

四

面壁。我與上帝對話。

我：「上帝，你爲什麼說人有了智慧就有了罪？在《聖經》裏你可沒講明道理。」

上帝：「那時我對亞當、夏娃講明道理他們也不可理解。只有到智慧橫流的二十世紀末，你們才能理喻在覓得一份智慧的快樂時同時要支付一份智慧的痛苦。拿醫學來說，你已悟到了優先保存中下等人種基因，破壞『生命對策』等隱患。事實上這給人造萬福的醫學還有別的顯患。例如，人們在給發明青黴素的亞歷山大・佛來明和思斯特・琴思發醫學諾貝爾獎金之後不久，青黴素等抗生素卻創造出了有抗藥性新功能的病菌，而且這抗藥因子已進入遺傳因子，能通過『細胞漿液』(Plasmids)的形式迅速擴散傳播。原初人們想藉著幾種抗生素的組合來對付抗藥性菌體，結果是反而使細菌抗藥能力呈倍數地增強。南美洲的斑疹菌體(Typhus)已具有刀槍不入的完全抗藥性，性病的抗藥生命體越來越厲害。人類又得嘔心瀝血去發明新藥。因此，可以用一個古希臘神話打比喻：西西弗斯因對塵世的愛，被罰推巨石上山，推到山頂又滾了下來，不得不又去推。荒謬的輪迴。人類醫學就是西西弗斯神話。」

我：「是的，沒錯，但我們人類不能也不可能抹掉智慧而回到蠻荒時代去。卽使我知道精神藥物和痲醉品的濫用不僅對人的機體而且對人的精神產生了病理性改變，也不能不要醫學的智慧。人，註定在享受智慧的快樂的同時，要承受智慧的痛苦。這是一種人的形而上的『宿命』，卡謬描寫的西西弗斯神話。唉唉!!」

上帝：「那麼我就要告訴你可能擺脫這個人的形而上『宿命』的一個奧祕：人不是一個存在，他和生物界一樣是兩個存在。他既是個體方式的存在，又是物種方式的類的存在。在無智慧的生物界已建立好一個程序：對個體有利的生物學活動一般也有利於物種，除了個體死亡規則以外。人類有了智慧後就蔑視起兩個存在的關係來了，一切從個體存在的『改善生活品質』出發，破壞了一個最神聖的合乎比例的度，厄運就降臨了。人吃了智慧的禁果已吐不出來，收回智慧是不可能的，那麼只有一個出路，在兩個存在合乎比例的度上去應用智慧。譬如，在延長人的平均壽命時，要有智慧找到合比例繁殖率，要有智慧解決延長中年段而縮短老年段的問題，醫學的『中年學』的任務是如何能延長人生盛年的中年期，醫學的『老年學』是研究在體或智老化之後而沒有天敵消滅之的情況下，個體的人能安樂地早歸……」

我：「哦，哦哦，上帝，你這主意是不是出得太晚了？自戀到了可笑地步的人類還有能力自省嗎？」

一九九一・七・於羅馬

瘋樂的豚白鼠

——罹難的「勤奮—享樂」鏈條

花都巴黎面壁。冥雲幻霧中冉冉浮來一個玻璃罩。哦，是心理學實驗的一項設施。罩內一隻生機勃發的小白鼠，腦部插了個銀針電極，針尖直達大腦的產生欣快感的區域。電極的開關是一個踏板。讓白鼠一踩踏板就接通電源，一個電脈冲由銀針傳至大腦主司愉悅感區，使白鼠感到十分欣快。經幾次重複操作，白鼠建立了條件反射，就主動去踩踏板了。先是慢節奏，踩一次得一次快感；白鼠嚐其甜頭後，對快感產生了越來越強烈的渴求，於是它越來越快地踩「快感」踏板。那速度，那神態，就像浪漫派鋼琴大師李斯特演奏他的《匈牙利狂想曲》，瘋狂的美的節奏。把快感推向高潮、再高潮。終於有一刻，豚白鼠在極度快感中癱軟倒下。圓寂。「快感魔踏板」下的殉道鼠。

面壁的冥思像袋鼠一樣跳來跳去。跳到我在俯看地球，也許成了外星人，正駕著扁圓的、發著刺眼的藍色螢光的UFO（幽浮或叫飛碟）。呵，人類白鼠化了！透明的地球大氣是個圓穹玻璃罩。罩內小小的穿白色大褂工作服的現代高智人竄東竄西極像豚白鼠。似乎隱約地看到這些「白鼠化」了的現代人也在踩著「快感魔踏板」。踩得最瘋的是號稱「經濟動物」的日本人，第二是刻板得像鐘錶的德國人，第三是血液裏流著西部牛仔永遠開拓新邊疆野性的美國人。其他四十六億多的人都在極力仿效他們，拌著滾石樂的強勁以及迪斯可舞廳中激光的撩亂。歡囂塵上。

是我產生的「攝前干擾」的錯覺吧？人類怎麼會白鼠化？

ＵＦＯ降落東京。俘獲一位日本佼佼者──最大電腦公司的主任工程師鳩田次郎。不，他並不像踩「快感魔板」的豚白鼠那樣極樂，大大出乎意料，他的眼神像飄忽的霧，表情似乾涸的井，很憂悶，很淡漠。

「你為何不快樂？」我急切地問。

「不知道。」

「怎麼會不知道?!」我奇怪，設法尋根究柢：「你的生活好嗎？如意嗎？」

「很好，很如意。有華宅、泳池、網球場、名牌車及花園。」

「那麼是工作不順心？」

「不，剛剛因我的工作出色，而受到特別嘉獎，晉升了主任工程師。」

「到底因爲什麼而憂悶？」

「不知道。」

UFO降落在德國斯圖嘉市，有一家啤酒館有數百種啤酒，一走進去就聞到濃烈的大麻的焦香味。我問一位世界名牌汽車「賓士」廠的也同樣憂悶的設計主管魯道夫，爲什麼選擇啤酒加大痲的「水火交攻」？他說：「人活得太複雜，只有啤酒加大痲在這週末使我簡單化一下。到星期一我又得再投入高緊張感的複雜中去。」他用了「簡單化一下」的新穎詞組，像「紅杏枝頭春意鬧」的「鬧」子那樣的「詩眼」一樣讓人震撼！

我一向樂於和擅長作信息的超常組合：白鼠踩「快感魔板」而盡瘁——世界第一經濟大國日本的「白領階級」說不知道自己爲什麼在富裕和順心的工作中憂悶——也領工業和經濟風騷的德國的「雅皮士」在啤酒和大痲中尋覓「一刻的簡單化」，這非邏輯的組合卻觸發我邏輯地對又一個人類的絕對褒義觀念——勤奮——表示質疑式的調侃。

人類是個玩價值觀念的動物，不斷變異翻新。有人揶揄說：「價值觀念像腳上穿的襪子，三天不換就發臭。」但是，像「勤奮」這樣的價值觀念從有人類以來至今未變異，予以絕對推崇。西方說「天才乃是勤奮」，東方說「天將降大任於斯人也，必先苦其心志，勞其筋骨」，歷史上偉人天才似乎都誕生於「勤奮」的母腹。

當勤奮和天才成「母子」關係時，勤奮是吉祥；當勤奮和享樂組合成一個「快樂鍵」，即成爲「勤奮→快樂→加大勤奮→加大快樂……」如是的因果鏈時，人類就會在這個「正反饋耦合」中罹難，像白鼠踩「快感魔板」那樣惹禍。

爲什麼會這樣？人類甚至包括所有生命在內，其生命的目的不就是尋求生命的快感嗎？從生命哲學的角度去定義快樂，快樂乃是生命欲望得到滿足時的以神經感受方式的肯定性度量。所有生命在尋求快樂時都是對生命機體有益的，如食欲的滿足，環境的適宜，性欲的釋放，都有益機體健康，因此神經感受是愜意、欣快，鼓勵生命多爲之。爲什麼人類在尋求快樂、特別是現代人類尋求不斷增大的快樂時會有損於生命？查得資訊，在日本、美國，出現了一種類似於愛滋病症狀的新「文明病」：患者淋巴結腫大，夜間盜汗，連續性下痢，關節和肌肉疼痛，低燒，疲憊，下午頭痛，無端的胃疼痛，注意力難以集中等等。在日本，患者有二百萬，在美國有三百萬，不明病理，無藥可治。美國醫學界給這種新病定名爲「慢性疲勞症候群」，簡稱「CFS」。據觀察歸納，其致病原因是因爲過於疲勞造成免疫系統的損害。據臺灣醫界報導，在那個短期內讓經濟扶搖直上的地方，也有近六分之一的人得了和「慢性疲勞症候群」類似的「身心症」：焦慮性胃痛、超負荷心智沮喪、壓力型女人不孕、以電腦工作者和政界人士居多的男人禿頭。那裏的醫生說，由於生活步調加快、工作競爭激烈、資訊爆炸、有可能隨時落伍壓力，加上都市化帶來的人口擁擠、交通阻塞、空氣污染、噪音紛擾等等，現代人比過去的人活得辛苦！

「現代人比過去的人活得辛苦」就是一個滑稽，一則嘲諷。人類的一切創造或稱文明，都是爲了使人越來越不辛苦，所以有人幽默地宣稱「科學的宗旨是讓人類偷懶還有更多的報酬」。爲了解此嘲，可能得從人類的「快樂機制」面壁一番。

經濟學家薩繆爾遜寫過一個「快樂公式」：

$$快樂 = \frac{所需物質}{欲望}$$

所需物質多而且品質好，那就快樂多多；反之亦然。欲望卻與快樂成反比，欲望大而多，快樂一定難產。人類一直在用這個「快樂機制」尋求快樂。

人類會從「快感魔板」上下來嗎？法國人愛旅遊度假（七、八月巴黎幾乎跑出去一大半），節假日特別多，工作時間不玩命，三天兩頭鬧罷工，又會享受藝術，他們的快樂不是用過勞換來的，似乎可作人類工作狂的醫治處方。然而，這是一廂情願。請看這個統計數字：日本政府所訂的年工作時數是一八〇〇小時，可一九九〇年日本人平均年工作時數是二一一〇小時，比美國人多出二五〇小時，比法國人多出四〇〇小時！日本人絕不比法國人笨，他們一年比你法國人多幹四〇〇小時，你法國人的經濟、科技豈能不落後？一落後，在現代殘酷的經濟戰爭中就成了失敗者，產品落後，市場縮小，經濟蕭條，一切現代快樂就會灰飛煙滅。法國人只好跟著日本人加快節奏，別無他法。何況，現在法國人的遊樂消費水平，已是現代的「窮開心」水準。一條瘋狂旋轉的經濟鏈條（卽高生產與高消費鏈條），誰也休想掙脫下來！

為什麼日本人、德國人、美國人等等不肯限速？不能找到一個合適的度？請聽社會學家調查日本人的無奈的辯解：「我們爲什麼不願休假？因爲不願意因放假而堆積工作，不願加重同事的負擔，此外，老闆在競爭中壓力太大，企業垮了，個人也垮，而且每個爲老闆做工的薪水階級都有做老闆的美夢，凡此種種，有假也不敢休。每天下班後還得與同事朋友相聚數小時，增強競爭活力和尋求更多的工作機會。」由此可見，日本人也有自己的無法掙脫的價値觀鏈條！

快樂的無奈。過勞的無奈。「這次第，怎一個可笑二字了得！」

然而，從偉大通向可笑只有一步，而從可笑通向偉大卻只有半步。可笑的本身也許會是一劑良藥。

一九九一・五・於巴黎

水仙花

——自戀、自殘、自殺

面壁。波斯灣戰場升騰起的黑死神色的狼烟。海面淫溢著黑死神色的毒油。淡出一朵水靈靈的水仙。宋人舊句旁白：「小娉婷，清鉛素靨，蜂黃暗偸暈，翠翹攲鬢。」接上了一個古希臘神話。美少年納西瑟斯（Narcissus）飲泉，在如鏡的淸泉裏看到了自己無與倫比的美貌。自賞的美感是最濃醇的。對影共酌春風醉，微醺間，納西瑟斯把泉中的倩影當作一位絕色仙女。仙女正向他傳來流盼，他觸電似的撲過去，於是一切美被溺斃了。眞正的仙女們聞訊趕來爲納西瑟斯送葬，只找到一朵雲嬌雪嫩的水仙花。忽又出現毛刺刺的海參，正遇天敵追它，它從肛門排出內臟送給敵人飽餐，一個空殼海參遁去，再去長出一副內臟來……由獨自遐想「拍攝」的一部無視邏輯的「意識流電影」，像義大利導演費里尼拍過的只有自己能懂的意識流電影《八又二分之一》……。

我能懂我的面壁胡想所「拍」的繽紛雜陳的「意識流電影」嗎？

於是我又想……。

地球高緯度上的巴黎，雖披了件得天獨厚的大西洋暖流的藍大衣，但，嚴冬仍然很嚴，仍有滴水掛冰的凜冽。特別愛美而確實美壓全球群芳的巴黎女郞，無論老少，在兔羊都在爲全身加毛的季節，照穿迷你裙，以不屏蔽掉最是女性強磁場的兩腿。奇景。阿爾卑斯山上冷下暖，巴黎女郞是上暖下冷。會走的倒雪山。人同此體，體同此感，完全能感應到美人們受凍的難耐和患關節炎、胃病等相關病的痛楚。本是「女爲悅己者而容」，此情此景是「女爲悅己者而凍、而病、而自殘」。

美容院。那些交了昂貴隆胸手術費的窈窕淑女們，明知注入矽而隆出美乳峰，是在乳下埋上「定時炸彈」——有百分之二十三的機率可能患癌。可隆乳者仍如潮來。美國至今至少有兩百萬婦女做了矽乳，捷足先登者是好萊塢大明星桃莉巴頓、珍芳達、碧姬等等。爲了完美，竟然自求埋「定時炸彈」於自體。

呵，絕頂聰明的人，居然甘願爲美而自殘。

太陽之目特別青睞的地中海岸。藍色海岸的沙灘上，躺滿了浪裏白條——白種人男女。他們按烤白薯的程序輾轉反側地曝曬自己全身，期盼著把個潔白烤出個豬肝紅來。不停地翻著，因爲有著焦糊般的灼痛；心裏還不停地響著醫學警報：「曝曬會患皮膚癌。」爲了一身豬肝紅（符號的意義是我有錢到地中海度假），就像爲了「聖戰」的回教徒，無視無懼火與劍！黃種人想白而求之不得，總結了「一白遮百醜」的審美警句；黑人也嚮往白，不然美國黑人大歌星傑克遜就不會出大錢剝下了自己的黑臉皮換成了白面孔；可白人卻硬要把自己烤黑！誰該黑、誰該白是大自然在創造我們時根據某地的紫外線照射量和人體所能容納量的平衡點完美設計出來的。誰向造物主挑戰誰就得自食其果。可是人類爲了富裕的榮耀而烤白薯和剝臉皮自殘。

哎？似乎我的「意識流電影」意在人類自殘吧？

動物有人那樣的自殘嗎？不，不會。凡生命最憐惜生命自身，這是天理。一棵小草被吹歪了，它會倔強地一分一分地再站直。受傷的小狗，它會舔傷口用唾液自療。路上被踩昏死的小螞蟻，惜生更爲悲壯：它不肯死，掙扎著活回來，就微動幾條腿，再動另幾條腿，一個細胞一個細胞地復活，一條腿一條腿地復活，最後又踉蹌爬向前去。防禦和避害趨利是所有動物的本能，最大限度地保護生命體，怎麼還有可能自殘？不，不全是如此，動物有自殘。壁虎遇敵，會斷去一截尾巴給敵人，自己逃之夭夭。挖蚯蚓，蚯蚓會「主動」給你半截，另半截鑽地洞跑了。海參拋內臟，也是爲施金蟬脫殼之計。即使樹木秋多落葉自殘，也是爲了在嚴冬乾旱時不過多地失去水分。動物、植物全有自殘行爲。但是，它們全是爲了殘體自衞，是一種更好保護生命主體的策略。

人的自殘不是自衞，是十足的自害，而且是明知有害而故害之。慘藍的尼古丁，誰不知是肺癌之魔和心臟病之魔手中的「化學武器」？可全球還有多少億人在親自點燃射向自己的這種「毒氣彈」。

酗酒——一個最古老的自害式自殘。

最爲可畏的自殘是吸毒。吸毒無異於自己對自己施行古代最殘酷的死刑——凌遲，卽千刀萬剮。各國都投入巨大的掃毒經費，制訂最嚴厲的禁毒法令，可還是擋不住千千萬萬的吸毒者自己對自己施行凌遲。

所有動物會恥笑萬物之靈。動物從來不會吃對自體有害的東西，絕對按造物主賜予的食譜享用。可人類，越聰明卻越揀有毒的吃！這等自殘，連爲美都不是，而只是爲了一時的迷狂以及爲了敢於迷狂這一點點刺激性。

哈哈——嗚乎！荒誕派戲劇原來太不夠荒誕！

人類何苦如此作賤自己？

也許我企盼找到這些荒誕劇的不荒誕的原因，在面壁的「意識流電影」中插入了一個古希臘神話？納西瑟斯爲什麼荒誕地投泉？不就是因爲他發現泉水中的自己的投影最可戀愛嗎？哦，對對，自戀！自戀的內驅力能使人最爲悲壯地去赴死！

「黃河之水天上來」。中國一度掀起「漂流狂」。爲了戀愛自己的現代人的「探險品格」和「西部牛仔精神」，並且向世人證明這一點，一批批漂流者，硬要以原始之筏漂過「河源怒濁風如刀，剪斷朔雲風更高」的虎跳峽等險峽。明知比萬分之一還小的生還的機率，還是要漂。結果是他們像納西瑟斯一樣，爲了擁吻自己投射在激流中的「探險品格」，悲壯地投進去了，連朵水仙花也沒有留下。其實，他們的「探險品格」和地理大發現時期的「探險品格」完全不同。哥倫布的探險發現了美洲新大陸，麥哲倫以身殉險發現地球是圓的，而黃河、長江漂流者們並沒有新發現任何什麼，只是熱戀了一次自我！

可能，因爲人類的「自我」，其命運從來多舛：

大自然扼殺原始人類的低能的自我；

宗教扼殺中世紀人類的理性的自我；

維多利亞時代的倫理扼殺人類的性欲及其他自然屬性的自我；

極權主義扼殺人類「自由卽美」的審美性自我；

權威扼殺人類的創造性自我……

因此，人類吶喊著，戰鬥著，前仆後繼地去解放自我。一部人類史，就是一部自我解放史。

在人類的辭典流，不斷新添與此相關的動人心弦的褒義詞——「自重」、「自立」、「自律」、「自強」、「自我實現」、「自愛」，甚至連「孤獨」也化貶爲褒，提出要「享受孤獨」。這一切的總和，就自自然然地孕育了現代的「自戀主義文化」。

自戀，就是讓個人任何一次衝動都無條件地天經地義地立刻得到滿足。近代價值體系的鼓吹者已把自我哄擡到了神的地步，「我卽上帝，上帝卽我」。「爲了自我上帝，自殘何足惜？自殺何足惜？」由此，自戀主義演變成一個精神怪胎：有一個極度自我欣賞的靈魂，卻匹配了一個極度自我仇恨的外殼。

忽從這理性頓悟一下跳到正在進行的感性的波斯灣戰爭——我的「意識流電影」呈現過的毒油浮海濃烟蔽目的場景。這是一場蘊藏著人類大災難的戰爭。德國大氣層專家克魯澤（P. Crutzen）向人類警告：一旦科威特油田全部著火，則每天會有一百六十萬噸原油燃燒，黑烟將上竄十至十二公里，將持續燃燒九至十二個月，四分之一地球被汚染，百分之六十臭氧層受到破壞，氣候暴變，作物凋零，過量紫外線殺傷人類，天空黑暗，餓殍遍野，人類這個物種岌岌可危。當然，從國際公法這個角度已判定戰爭雙方誰正義誰不正義。但是，如果再「形而上」一點，這是不是人類規模上的自殘？所有戰爭都是人類所特有的種內自殘。波斯灣戰爭可否看作伊拉克總統海珊的熾熱自戀：他自戀自己是眞主最偉大的六百年出一個的信徒，他自戀自己是回教世界的未來領袖，於是他投向戰爭的火「泉」。現在，人們再怕的是回教世界的「集體的自戀」而投入「聖戰之泉」。美國總統布希從某種意義上說，又何嘗沒有總統的自戀——自戀成爲國際公法和美國利益最英明果斷的捍衛者。

領袖人物的自戀，尤其是極權獨裁者的自戀，一定導致人類的自殘、自滅。

呵呵！我終於弄懂了我面壁的「意識流電影」了！但，這不會也是劫數難逃的自戀吧？

一九九一・二・於巴黎

繆斯的「三寸金蓮」

藝術之魂的巴黎。六月二十一日，夏至，全年日照最長的一天，舉辦每年一度的心靈狂歡節——音樂節。

在太陽戀我的最長的白天，去了龐畢度現代藝術中心，觀賞超現實主義始祖布雷頓大旗下雲集的米羅、達利、馬格力特、杜桑、畢加索等「創新魔」的畫展。全是夢和迷幻裏的自動的、因而是超常的組合圖。驚攣美！在大白天做了個醒著的驚夢。

在星星棄我的最短的夜晚，到共和國廣場、聖心大教堂旁去聽音樂節的街頭音樂會。人潮一圈又一圈。振聾發聵的鼓聲、吉他聲伴著石破天驚的歌星的勁歌。臺上臺下沸舞、擊掌、口哨、呼嘯。嫌不足，還請來酒神助瀾，警察斜睨著隨時會引爆的酒瓶旁的氛圍。原子爆炸美：飛旋的蘑菇雲加衝擊波。

在享足現代藝術的迷狂的此刻面壁，竟然邂逅古希臘神話裏的絕色佳人——由宇宙主宰之神宙斯和記憶女神生下的九位主司文藝和科學的女神繆斯。呵，美得讓人心律紊亂。好像在哪兒見過她們，到底在哪兒？哦！在羅馬。鼎力推行文藝復興至全盛的提攜三大天才（拉曼德、拉斐爾、米開朗基羅）的朱利亞斯二世教皇，在他的私人圖書館裏有拉斐爾畫的壁畫《帕納索斯山》，九位絕色佳人繆斯們聚在畫面中央，其中一位主管音樂和詩歌的光腳袒胸的浪漫繆斯女神歐忒耳珀，擡眼凝注蒼穹，自醉地演奏著比現代小提琴的琴身寬得多的提琴。許多氣質高貴的男女在聆聽（可能是個隱喻：凡高貴的或貴族化的藝術才會傳承於歷史）。帕納索斯山上的音樂節。

我擠進聽衆的行列。我詫異，歐忒耳珀女神的視線頓時從藍天白雲移下到我身上，用灼燙的流盼掃描我。獨鐘。當她奏完由電子計算機作曲的《太極之氣》，不理睬暴風雨般的掌聲，而逕直走到我的面前。呵呵！今天是什麼黃道吉日？

可是，她一開口使我爲錯覺付出了很大的尷尬，沒想到她會這麼問：「所有人聽我演奏，都用似熾的激賞目光報答我，你爲何在眼瞳裏射出嘲笑？」她由濃嗔轉成居高臨下的淡笑：「你是作家，深諳情道，莫非在同我玩『美女逆反注目遊戲』？引我青睞你？」

「不，」我斷然否認。因爲我明白她說的「美女逆反注目遊戲」指的是什麼——美女承接崇拜的目光太多，多得令她生膩，因此對再加的任何一個新崇拜者不屑一顧；倒是她對輕蔑和嘲弄的眼色特別過敏，吸引她倍注青睞。

「不，我怎麼會笑你的天賦麗質？這對我來說是個探奇的隱喻。你起碼有兩萬多歲了吧？從兩萬年前由舊石器時代人類創作的位於法國南部的《拉斯科洞窟壁畫》，和位於西班牙的《阿爾太米拉石窟壁畫》算起，你主司人類藝術有兩萬多年了，可你依然是娉娉裊裊的荳蔻年華，不正是在隱喻：藝術是青春的，青春是藝術的，藝術青春是永恆的。那位大名鼎鼎的美國社會學家、『紐約文人群』的領袖丹尼爾・貝爾（Daniel．Bell）創立的『文化自律論』一定是受了你這個隱喻的啓示：文化藝術一經創造就有了獨立的生命，它與會過時的科學、技術、經濟不同，不再衰老，不再死亡，只會暫時隱去，但時時會由知識精英、藝術家、神學家和道德家不斷地揉合、塑造，而在創新的母腹裏獲得復興，你的永恆是因爲創新——」

「不，你不誠實，你在笑我，爲什麼否認?!」

「我不否認在苦笑使你永褒藝術之春的受到絕對稱頌的『創新』，因爲我發現，創新也同時會使你長出『三寸金蓮』來——」

糟糕！我的話還沒說完，歐忒耳珀在大喊腳疼，痛苦在揉碎她的花容。剎那間，她的那雙由拉斐爾描繪的完美之腳在變短變尖，變成了中國古代女人的小腳——「三寸金蓮」！醜極。

嗬，我的面壁之言竟成了巫婆的惡咒。怎麼辦？怎麼還我藝術女神的美腳？急！急中聽到老子的冥寞玄言：「道可道，非常道。」啊，對！把道說出來，道就不是其道了；那麼，我倘若能說破創新也會導致「三寸金蓮」的機理來，「三寸金蓮」不就不成其爲「三寸金蓮」了？

我扶著兩腳似圓規的重心不穩的可憐的女神去天涯海角，尋覓那「道可道，非常道」的東西。

音樂會。美國作曲家凱奇在演奏他的鋼琴曲《四分三十三秒》。他穿著黑色燕尾服在掌聲中走向大三角鋼琴琴凳。端坐。把本已打開的琴蓋關上。枯坐，看錶，至四分三十三秒時他把琴蓋打開。然後站起，走向觀眾，風度翩翩地謝幕。他還詮釋：「剛才我演奏的鋼琴獨奏曲《四分三十三秒》有三個樂章：第一樂章，休止；第二樂章，休止；第三樂章，還是休止。」

歐忑耳珀女神「聽」了大喜，亢奮地說：「凱奇——創新！音樂史上最大膽的創新！」

我笑，只是笑，什麼也沒說。

逆著時空隧道到了一九七○年，我和女神去看了一個名噪一時的勞倫斯・威爾納的畫展。畫廊裏空空蕩蕩，不見任何畫圖，只有一張張由打字機打出來的文字說明掛在牆上。請注意，這文字還不像曹雪芹寫大觀園那樣寫出畫面來的「圖畫文字」，而是威爾納所力主的「創作原則」的理論表達。畫展無畫——「落了片白茫茫大地眞乾淨」。

「這創新夠出類拔萃了吧？親愛的繆斯。」我問。

「當然，不過……」女神回答。

「呼！」一聲槍響驚動了我們。原來是紐約的「行爲藝術」家在展出自己的作品。這派創新者宣布人的行爲本身就是藝術。一位把毛澤東像章別在裸露的乳頭上的行爲藝術家走過紐約大街，然後到自由女神像下用手槍自殺，開槍前她說：「最高的行爲藝術是自殺，藝術家向自己的藝術作品開槍，化作烏有，是行爲藝術的最高境界。」

歐忑耳珀女神驚懼，撲在我的懷裏，眼光急速避開那汩汩流血的、行爲尚在進行的行爲藝術品。

就在這驚魂未定之時，又有一位端莊的嘻皮士男性走過來，他鄭重地送給歐忑耳珀女神一件東西並附有一封信，然後禮貌地告辭而去。

她首先看信。信裏說，他是前衞造型藝術家。他認爲：「一切造型藝術形式都創造過了，認爲藝術要再創新出種種新形式來，本身就是陳腔濫調而需要創新了。藝術創新進入

『零』。因此，我特意購買了兩千條婦女用的衛生棉，寄給各種人種的兩千位婦女，請你們用後寄回。我將以《兩千個藝術生命》爲題到全球去開展覽。」

她臉紅地立即把衛生棉藏了起來。

我故意自言自語說：「如果婦女本能的月經印在衛生棉上也是創新的造形藝術品，那麼繆斯們還有什麼事可管？繆斯在奉獻衛生棉藝術品時，同時消解了主司藝術的繆斯。」

當她聽著我的「繆斯月經——藝術悖論」時忽然驚呼：「三寸金蓮沒有了！依然是拉斐爾畫的腳！」

我把主管藝術的歐忒耳珀女神請到巴黎第六區當年薩特撰寫存在主義哲學著作的咖啡館——Deux Magots，我這是爲了提足精神去讓人類的藝術和人類的創新秉賦之間進行一番理性的嘲弄。

我首先向女神提出一個寓言式的問題：「爲什麼你們九位主管藝術和科學的繆斯全是女的？當然不是神話天國鬧女權運動的成果。」

「當然不是，」她被我的輕鬆感染了。「我想，女人最大的特色是會生孩子，會創造出新生命，是創新的象徵符號。藝術和科學最根本的基因密碼就是創新。此外，無論是女人的身體曲線還是精緻的情感都是最富於流變的。還有，還有你在一部小說裏說過的，女人不僅自己會創造，她還會像中子轟開原子核引起核爆炸一樣激起男人的智慧創造的核爆炸。凡此種種，繆斯當然是非女莫屬了。我主管藝術，說到底是以我的女神魅力去激活藝術家的創新！」

「嘿，回答得眞妙！」我話鋒一轉立即想嘲弄起藝術的同義語「創新」來，我說：「你知道不知道，剛才使你痛苦和狼狽的『三寸金蓮』卻是中國美容藝術創新出來的。」

「是嗎？」藝術女神表示懷疑。

「中國歷來以女輕盈爲美。《詩經》讚窈窕淑女，漢時有美女趙飛燕，輕若飛鴻。人們發現，腳較小的女人走路特有輕盈感，有理想中的仙女『虛步躡太清，飄拂升天行』之韻，婦女們都希望自己長有一雙小腳。這種人體美要求激發了古代美容師創新，創造出給幼女裹腳的美腳藝術，到了花月之容時的少女，保證是三寸長的小腳，走路果然娉娉婷婷，嬌煞美煞，好一個『春風拂檻露華濃』。不得不承認，這種自殘美是中國獨具匠心的創新。」

「可是中國現代婦女揚棄了這個殘酷的非人的創新！」繆斯身受其苦，所以激昂陳詞。

我驚呼：「我親愛的女神，你用了『非人的創新』這個詞組，一語道破了天機？藝術必創新，創新應自由而不受任何規則所約。貝多芬說：爲了美，任何規則都是可破壞的。所謂創新，就是破壞前人的既定規則。可是，是否存在一個不可破壞的終極規則？你剛才用了『非人的創新』，使我頓開茅塞，創新應該有個終極的底線，那就是：『不是非人的』。三寸金蓮使人致殘，非人的，人就自動揚棄了它。餘此類推，音樂的終極規則是起碼要有聲音，而且是從二十赫茲到二萬赫茲，次聲波和超聲波都聽不見。無聲音樂或超聲波音樂的創新，都是『非人』的。同理，畫起碼要有色彩，波長是人類可見的紅光到紫光的色彩。無彩的文字畫或是紫外光紅外光畫等等創新，都是『非人』的。用沒法看懂的胡亂語言寫成的小說、詩歌，因爲它破壞了語言作爲人的心靈的交通和思維方式，因而也是『非人的創新』。至於那位自殺的女性行爲藝術家就更是『非人的創新』了。一言以蔽之：藝術是人的符號活動，人的生理和心理的終極規定性就是藝術創新的最起碼的底線。」

藝術女神的興奮和誠服的眼神告訴我，她是我的「創新底線是人性的終極規定性」觀點的第一位知音。她像蒙太奇剪接一樣，跳躍到反問我一個無法回答的問題：「爲什麼我們這九位繆斯是主神宙斯和記憶女神所生，而不是別的父母？」

「稀罕，這還有爲什麼可問嗎？」我愕然無以對答。

藝術女神一面撥著琴弦一面說：「人類的神話學家已經發現，神話是古代人類的詩性智慧，是一種思維方式。我這位藝術之神爲什麼是宙斯和記憶女神所生？那是一個詩性隱喻。我的一半基因來自記憶女神的母親，意味著藝術的創造是對歷史（即記憶）的復興，不是復舊。溫故而知新。中世紀的文藝復興是這樣，現代藝術家對原始藝術和非洲藝術的復興是這樣。你們中國孔子的復禮以及唐代韓愈和柳宗元的古文運動都是藉復興而創新的實證。我的另一半基因則是來自主管宇宙的父親宙斯，意味著藝術創造還來自橫向的融合，古埃及文化被帶到波斯，羅馬文化擴散到整個歐洲，中國春秋戰國時代文化大融合的鼎盛，當代世界文化大融合的流派紛呈等等，比比皆是。由此綜合出藝術創新的機制是：復興和融合，不是藝術家一個人的任意胡想。創新不是純主觀的個人奇癖的展現。那位給我衛生棉，要把女人行經迹痕作爲創新藝術品的前衞藝術家，就是不懂得我爲什麼是我的父母所生的隱喩。」

「有趣，眞有趣！」我說。「你撥琴使我想到愛拉提琴的愛因斯坦。他在破壞牛頓力學體系創新相對論時，而是以相對論涵蓋了牛頓力學，把牛頓力學當作低速運動狀態下的特例。貝多芬對巴赫的革故，其結果是貝多芬比巴赫更富豐。這就是說，創新中對前人符號系統的破壞，應該建立起涵蓋前人的或比前人符號系統更有新的信息量的符號體系。我們來看現代繪畫的創新，似乎是個遞減過程：塞尙揚棄了光和色彩的關係，馬蒂斯揚棄了透視和光影，畢加索揚棄了眞實的形，康定斯基揚棄了整個具象，威爾納揚棄了色彩、線條、構圖等繪畫全部要素，而變成了文字說明。雖然這些畫家（除威爾納外）在揚棄過程中增添了自己的獨特發現，但就總趨勢而言，創新即是遞減性揚棄，直至到無。現代音樂『創新』也是如此：不要和聲功能體系；不要十二音序列音樂體系；不要十二音平均律；直至不要聲音！現代創新者提出一個可笑的解構藝術本身的口號：無規則就是規則。凡形式系統或符號系統都得藉規則而有序化，連做遊戲都得有規則，不然就玩不起來，何況藝術。若無規則就是藝術的規則，那任何白癡都可成爲最傑出的藝術家，因爲他的思維和行爲是無規則的！親愛的藝術女神，你贊不贊成再給藝術創新設一條規定，即：作爲符號系統的藝術，所謂創新，是創設一個爲人類提供新藝術信息量的個性化的有序的藝術符號系統；不是遞減，而應是遞增，像愛因斯坦、貝多芬那樣增殖創新。取消什麼不是本事，有本事的爲人類增加一點有意味的符號來，因爲人是符號的動物！」

「噢，對不起，我聽你的話很累很累，你知道藝術喜歡直覺，」歐忒耳珀藝術繆司疲乏地說：「我吃不消你的理論名詞大轟炸！我只是想，既然藝術讓一個神來管，就要有點神味，而不是拿工業垃圾做藝術品的垃圾味——」

「對！有些人把藝術的審美功能消解了，總不能把藝術的形而上的神味也丟掉吧？所謂神味，就是在藝術符號裏意味著一種人性的新體驗，從而獲得一種生存意義感。換句話說，藝術之神就是不斷給人嶄新的生存意義感。」

糟了，藝術女神不見了！可能是我把她氣走了，不禮貌地搶了她的話；或者是我的話太枯燥乏味。反正她不見了。苦澀的失落感。我轉而大發洩，向人類發洩。

57・繆斯的「三寸金蓮」

「可笑的人類，你們一味起哄讚美所有的現代藝術的創新，使我的女神長出了『三寸金蓮』！如果你的老婆、你的情人變成小腳女人，你還讚美嗎?!」

一九九二・七・於布達佩斯

概念在過飽症中脹死

巴黎夜。直上三百米高的艾菲爾鐵塔塔頂。

俯瞰：一幅點彩派的巨畫——莫非是新印象主義大師修拉、西涅克今夜用燈的彩筆畫下的新作？

仰望：定是畫聖吳道子酒酣時狂放潑墨，刹時洇滲成無疆界的墨藍穹壁！

呵，壁——面壁，我的「面壁即胡思」的條件反射立刻使我發射冥思胡想，像這塔尖發射著的含聲含色的電視波一樣。

巴黎鐵塔。巴——巴，看見了半途而廢的巴別塔。《聖經》創世紀第十一章。人類爲了顯示協同的力量，在示拿平原上造城，造一個通天的巴別塔。上帝耶和華看到了很不安，說：如果人能做成這件事，以後什麼事都能做得成！奇怪。締造人的上帝卻又不願人具有造通天塔的能力。在伊甸園，上帝不讓人吃明辨善惡的智慧果，亞當、夏娃受蛇開導而吃了禁果，有了羞恥感，卻遭到了上帝逐出伊甸園下凡種田吃苦的懲罰。上帝造人，不讓人明辨善惡，也不允許人有創造的能力，哈！這次上帝又要對人施以更嚴酷的懲罰了。他有個重大發現：人之所以能造通天塔是因爲人發明了能互相溝通的共同語言。於是，上帝下凡來不知用了什麼花招把人的語言搞亂了，刹那間人類各說各的話——漢語、法語、英語、阿拉伯語、非洲桑戈語、美洲印地安語、德語、日語、俄語……千百種互相不懂的話。完了，巴別塔只能停工半途而廢了；更糟的厄運是，人和人之間造成了不能再厚的、不能再痛苦的隔膜！

上帝的這個不可思議的作爲提供了幾項關於人的證明：

——人，創造了令上帝都不安的共同語言；

——共同語言竟能使人造通天塔及一切想做的事；

——人，終於又找到了反上帝害人的成功策略，通過翻譯又使人實現了溝通，如今不只是具有造通天的巴別塔的能力，而是正在籌劃在太空（天上）蓋太空城的計劃了。

人類贏了上帝，奪回了語言通天之寶。但是，春風得意的人類卻自己在弄亂自己的通天的語言之寶了，途徑是聰明反被聰明誤的「概念脹死」。

荒唐！同尤涅斯庫荒誕戲劇一樣，人類說著共同的概念，卻彼此不知所云……

伏爾泰是法國人心靈中的高塔。法國肖像雕塑大師烏頓所雕的伏爾泰銅像下有一段碑文：「他教導了我們走向自由！」

自由是人類語言中最美好的詞彙！德國古典美學稱「美即自由」！

「生命誠可貴，愛情價更高，若爲自由故，兩者皆可拋。」匈牙利詩人裴多菲如此吟唱自由。

盧梭躺在「先賢祠」已有兩百多年了，可他的聲音仍是激盪著人類內聽覺的巨響：「人類生而自由，但卻無時不在枷鎖之中。」

自由——什麼叫自由？在古羅馬，人們會毫無疑義地千口一言地告訴你：「自由，就是從被束縛、被虐待中解脫出來。」可是到了十九世紀，研究人類自由史的艾克頓（Lord Acton）爵士告訴你，他已蒐集了兩百多個關於自由的定義！到今天問君有幾多？一江塞納河向西流。

——「主觀意志和客觀規範合二而一謂自由」：德國古典哲學泰斗黑格爾這樣定義。

——「自由乃是做我想做事情的實質能力」：美國實證主義代表人物杜威如是說。

——「因爲人類具有理性自主的秉賦和能力，所以人擁有自由」：這是參加過「光榮革命」的英國哲學家洛克心中的自由。

——「自由是獨立於別人的專斷意志之外」：這是被譽爲二十世紀自由主義宗師的海耶克對自由的界定。

——被稱爲二十世紀西方思想史巨擘的以賽・伯林把自由分爲消極自由與積極自由兩種。消極自由是個人行動免於別人妨礙，積極自由是自己主宰自己。「消極自由與以下問題的答案有關：在什麼樣的限度內，某一個主體（一個人或一群人），容許做他所能做的事而不受到別人干涉；積極自由與以下問題的答案有關：什麼條件使人決定自己該做這件事成爲這種人而不該做另一件事成爲另一種人？」

——馬克思主義者認爲哲學上的自由乃是人對必然的認識和對客觀世界的改造。

——有人說：「有錢卽自由。」

——有人說：「知識就是力量，知識使人自由。」

——有人說：「能有權選舉的民主卽自由。」

——有人說：「隱私不受侵犯卽自由。」

——有人說：「內在的形而上自由，乃是個人不受情欲衝動所支配而按內在道德、法則從事的道德自由。」

……

當你在莊嚴的會堂或在高雅的沙龍裏使用人類語言中最動人心弦的「自由」這個概念時，無論說話者還是聽話者，立卽在內心疑雲翻滾，問：「你說的『自由』，是幾百種自由定義的哪一種？還是你又發明了一個新定義？」

在古希臘，哲人們爲杜絕「偷換概念及論題」的詭辯把戲，總結出了形式邏輯的第一定律──同一律：在同一思維過程中，每個概念、判斷必須具有確定的同一內容，甲是甲或甲等於甲。在這裏防止的是「我說甲，你在說乙」，譬如我說「自由」，你說「自願」，如果出現了這種情況，我說你違反了同一律，判你違反邏輯。然而，現在的大麻煩是我們在使用同一概念時違背同一律。你說甲，我說的也是甲，可是我們兩個說的「甲」不是同一個確定的內容。就如你我他都在討論同一個概念「自由」，而我們幾百人卻有幾百個關於「自由」的不同定義。在遵守同一律之下違背同一律。在這裏不需要「偷換概念」，而是光明正大的理直氣壯的同你在同一概念下說完全相悖的內容。

啓蒙自由、平等、博愛的宗師盧梭，他認爲社會因契約而形成之後，人人將自身及所有權交給全體，並服從「全意志」(general will)。全意志是完全爲全體利益著想而無私的，而個人已成爲全體不可分割的部分，因此人人服從全意志，等於服從每一個人自己在內的道德法則，亦卽人人皆得自由。他還說，對於拒絕服從全意志的人，應由全體強迫其服從，此乃「強使自由」(be forced to be free)(《海耶克自由理論研究》六十七頁)。服從全意志卽自由，那麼所有在監獄裏認罪服刑的人已享有了盧梭式的「服從式自由」，可任何人（包括罪犯）在經驗上不會認爲坐牢的人是自由的，因爲古希臘的原創自由定義是「從被束縛和被虐待中解脫出來」。任何極權者都可以用他的極權作爲「全意志」。燒死布魯諾的宗教裁判所可以以天主教義作爲「全意志」，希特勒、史達林都聲稱他們的權力意志都是代表全體人利益的「全意志」。衍生出來的問題是如何對「全意志」定義。首先得給「意志」定義，才能討論「全意志」。意志是什麼？在古希臘時，指人的心理現象，表示意願。到了中世紀，奧古斯丁把意志定義爲一切精神過程的基礎。十八世紀的康德定義意志「是理智的先決條件和實現精神因素的源泉」。唯意志主義的叔本華，把意志等同於康德的「物自體」，在顯示自身時，是無意識、無目的的，基本特徵是忍受一切求生存，故又稱「生命意志」。尼采則又把生命意志演繹成追逐統治權力的「權力意志」……

「意志」的定義又是莫衷一是的幾十上百種。「意志」不能確定，「全意志」更無法確定；「全意志」不確定又怎能確定盧梭的「自由」定義？連盧梭這一家的「自由」的定義都確定不了，又怎麼能從數百個關於「自由」的定義中求出一個「一致公認」的定義呢？「自由」這個概念，不再有約定的同一的含義，你說「自由」，我不知你要表達什麼意思，他說「自由」，我只知道與你不一樣，當然也不知什麼含義。就這樣，可憐的「自由」廢了，或者說它被脹死了！

並不是只有「自由」一個概念死了。

現代最熱門的文化理論及文化人類學研究中的「文化」這個概念如何定義？

它和「自由」一樣有數十種甚至數百種。

沒有必要再把那林林總總的定義羅列出來，只需聽一聽英國文化史學者、文化社會學家 Raymond Williams 關於英語中的文化 (culture) 僅一個多世紀來的詞義變化就夠了，他在《文化與社會》一書中說：「在十八世紀以前，文化一詞主要指『自然成長的傾向』，以及——根據類比——人的培養過程。但是到十九世紀，後面這種文化作爲培養某種東西的用法發生了變化，文化本身變成了某種東西，它首先是用來指『心靈的某種狀態或習慣』，與人類完善的思想具有密切的關係。其後又用來指『一個社會整體中知識發展的一般狀態』，再後是表示『各類藝術的總體』。最後到十九世紀末，文化開始意指『一種物質上、知識上和精神上的整體生活』。」

這僅僅是文化史中的一個世紀的「文化」概念含義的演變，是「歷時性」的演變；還有在同一時間裏，各派文化學家對文化的不同定義的「共時性」差別，那就更是五花八門了。

「文化」也在自我變居和無限膨脹中自殺了！

舉一反三，中國的無所不包、無所不在的「道」的概念早就自殺了。「哲學」、「人性」、「人」、「美」、「現象」、「意義」……等等等概念都自殺了。

《大不列顚百科全書》查不到「文化」、「人性」、「自由」、「人」等等條目。

眞幽默，人對「人」的概念都因爲太多太多的定義而說不清道不白了！

有人更幽默，問「唇」的定義是什麼？他的回答說，僅日本人就有五個定義。一、研究靈長類聞名的日本京都大學名譽敎授大島清認爲，人類經常以眼睛表現高等的思考，以任何動物所沒有的紅色而外翻的能顯示「性」含義的唇表達動物性熱情，因此唇乃是熱情與性的暗示器。二、中醫師田中美律對唇的定義是「健康狀態的標誌」，因爲唇白顯示貧血，唇紫表示窒息，唇裂標誌腸胃胰臟有了故障等等。三、在日本設立外語學院的基爾巴德認爲，唇是日本人學會英語正確發音的關鍵所在。四、日本化粧品公司調查日本女性都以口紅爲化粧重點，所以唇是臉容美感的焦點。五、目前日本人和美國人在美容整型方面有個流行趨勢，繼用矽膠隆胸之後正流行用矽膠充塡豐唇，所以日本整形醫師稱唇爲整型美容的風向球。哈，一個看得見摸得著的人體器官的名詞「唇」，僅在日本就下了這麼多定義，何況其他抽象概念了！

呵，別笑，不妨對這些死去的或垂死的概念進行解剖，它們到底是怎麼脹死的？

宇宙在大膨脹中能量級逐漸降低，從有序而逐漸趨向無序而熵死，概念的消亡與宇宙消亡很肖似，由於外延不斷擴大而使內涵逐漸萎縮致無。邏輯學早就發現了一條概念外延和內涵呈反比例關係的定律。舉個例吧。例如「學校」、「中學」、「初級中學」的概念外延一個比一個小，可是內涵卻一個比一個多。「中學」的內涵比「學校」要多出「用中等程度的教材」、「以小學畢業以後的學生爲對象」等，「初級中學」的內涵又要在「中學」內涵基礎上增加「是整個中學教育階段的前半段的教育」等內涵。由此反推論，當外延趨向無窮大（如無所不包、無所不在的「道」），其內涵就趨向於零（「道」什麼都是，又什麼都不是）。

用「外延與內涵反比例」之「刀」來解剖。「文化」：起初，文化指傳授後的知識積累；以後外延擴展爲「各類藝術的總體」；再度將外延擴展爲「藝術、宗教、哲學、科學、文學、語言等等用文字符號表達的精神產品」；又將外延極度擴展爲「人類歷史所創造的一切物質產品及精神產品的總和，還是人類的總體生活方式，即被賦予意義和價值的任何及所有表意象徵符號所構成的世界」。「文化」的外延已接近無限大，內涵是什麼？天曉得。食文化、性文化、住宅文化、衣文化、行文化、旅遊文化、科學文化、電腦文化……連拉屎、放屁也可納入生理學文化！既然人的一切創造物和所有生活方式都是文化，何必還有在食、性、建築、旅遊、電腦、歌劇……等等後面多餘累贅地加上「文化」？完全可以像數學中的公約數一樣給公約掉。「文化」不再具有確定的內涵而在無限膨脹中消亡，成爲一個只有「能指」而無「所指」的廢詞！

從幽默的「唇」的五種定義，可以發現人類的概念除了用擴大外延的辦法致死以外，還有一個脹死手段，就是往同一個概念裡充塡進去不同的內涵。

這種概念充塡致死又分爲兩種時間方式：歷時性塡充法和共時性塡充法。

「美」這個概念就是由歷代哲學家、美學家對美進行歷時性的塡充而身亡的。美是各部分之間的對稱和適當的比例（畢達哥拉斯）。美是快感，是使我們快適的東西（柏拉圖）。美就是善（亞里士多德）。無爲卽美（莊子）。充實爲美（孟子）。美在上帝（奧古斯丁）。美就是遊戲，是一種表現過剩精力的遊戲（席勒）。美感是一種紛亂、朦朧的感覺，是無數微小感覺的集合體（萊布尼茲）。美是沒有一切利害關係的愉快的對象（康德）。美是理念的感性顯現（黑格爾）。美是人的本質力量的對象化（馬克思）。美的東西就是能引起驚讚和快樂這兩種情感的東西（伏爾泰）。美是關係（狄德羅）。美是生活（車爾尼雪夫斯基）。美就是性格和表現（羅丹）。美就是意志通過單純空間性現象的適當客觀化（叔本華）。美就是向美物移情（立普斯）。美就是距離（布勞）……當讀完還只是歷史中一小部分的關於美的定義，就根本無法確定什麼是美了！美在歷時性的多元的定義積澱中自殺了！到了現代，殘缺也是美，連醜也變成了「審醜是更高的審美」，波普派（Pop Art）藝術家甚至宣稱，一切物質竟是美的，街頭污物、工業廢品全是美的，世界上沒有「貧困的物體」！

人們都在謳歌當今的流派紛呈、學科林立，沒料到多學科和多流派會往同一概念中充填進互不相干甚至互相抵牾的內容，逼迫概念在共時性的填充中脹死！

人人不言而喻的概念「繪畫」就被二十世紀的多流派繪畫充填而死了。

在二十世紀以前，人們還能給繪畫下個共識的定義：繪畫是造型藝術之一，用筆、刀等工具，墨、顏料等色彩材料，在紙、木板、紡織品或牆壁等平面上，通過構圖、造型和設色等表現手段，創造出可視形象。到了二十世紀，「繪畫」的概念就被蜂擁而起的繽紛雜陳的太多流派一下充塡進去風馬牛不相及的內涵：

——達達主義稱「繪畫」是「忍不住的痛苦的嚎叫，是各種束縛、矛盾、荒誕的東西和不合邏輯事物的交織」，表達方法是用工業廢品的不合邏輯的組合及各種現成物的拼貼。

——立體主義認爲「繪畫」不過是將每件事物還原成爲立方體及其他幾何形狀，然後按照理念的輸出要求去拼集出來。

——未來主義認定繪畫應該表現機器的速度、戰爭、暴力，他們主張「摒棄一切博物館」，反對模仿生活，反叛和諧和高雅，用線條、色彩描繪一系列重疊的形和連續的層次交錯與組合，還用一系列的波浪線和直線描繪光與聲音，表現迅疾運動感。

——行爲藝術（或稱偶發藝術）主張生活卽藝術，是把行爲、動作、影像、光、聲、色、形體、文字、現成物結合爲一體的表演。

——觀念藝術則要把思想直接引進繪畫，繪畫可以完全不要造型、線條、色彩，用文字、計劃、攝影、錄音等直接表現觀念。

——自動性繪畫家旣可以借助迷幻藥自動畫出「潛意識」，也可隨意把紙舖在一件硬物上（如地板），然後用筆塗擦出「拓影」來。自動卽繪畫。

——抽象主義否定描繪具體物象，而是對具體物象加以簡約，抽取其富於表現特徵的因素，形成幾何的或非幾何的任意圖象。

——生藝術是推崇精神病患者或街頭、地鐵的塗鴉者所畫的東西，他們認爲這種未受訓練的繪畫比起受過訓練的畫家來更能顯示人的「本能性意象」。

……僅僅引了現代主義繪畫流派中的很少一部分定義，「繪畫」這個概念已不知是什麼了，自殺了，何況，現代主義流派還在像時裝一樣的速度在繁殖！

多學科、眾流派給許許多多哲學的、藝術的及其他人文科學的概念唱起了「安魂曲」。

現代人攝進太多營養而患「文明病」冠心病、糖尿病；現代語言中的很多概念也患上了「攝入文明太多症」而脹死。

人類爲什麼要往許多概念裏瘋狂地注進太多歧義或太多空泛呢？爲什麼要像母殺子一樣，殺死自己創立的概念呢？

不是因爲愚蠢，而是因爲聰明。是聰明反被聰明誤。聰明的悖論。

人類聰明地找到了人文科學的方法論，即解釋學的方法論，如美國著名哲學家查德・羅蒂（Richard Rorty）所說的：所謂（人文科學）的眞理，就是對於前人對其更前一輩的先前人的理論的解釋的再解釋的最高成果。是的，幾乎各派著書立說都得從古希臘、老子、孔子說到現在，各派所應用的人文資源幾乎相同，只是將這些文獻按不同的觀點進行各自的編碼而已。正是這個方法論產生不斷的「文藝復興」。

孔子曰：「周監於二代，郁郁乎文哉，吾從周。」孔子學說是對周禮的「文藝復興」，即對周禮的重新解釋。後來的漢儒、宋儒等不斷注經而不斷地推進儒學大發展。

十四世紀末，位於土耳其半島的東羅馬帝國在奧斯曼帝國軍隊的進逼中危在旦夕。這時，一群又一群的東羅馬學者抱著希臘文手稿、拉丁文手抄本及古希臘藝術品逃向西歐避難。這時的西歐正沉淪在長達千年的中世紀黑暗中，宗教裁判所把一切人文科學和藝術的創造性都釘在十字架上了。當人們突然接觸到東羅馬逃亡者攜帶的古希臘文明時，如飢如渴，如醉如狂在西歐相繼對古希臘人文和藝術進行了聲勢浩大的文藝復興，把人類文明推向了一個新的高峰。

由此可見，無論中西，都是用歷時性的解釋學方法既復又興地拓展人文與藝術的。這種聰明不可避免地導致非聰明——許多被解釋的概念其外延不斷在擴大，其內涵在萎縮；或者是內涵演變得前後風馬牛不相及。

進入現代，人類又發明了一個極爲聰明的方法論——多學科交叉而雜交出新學科。控制論鼻祖維納就總結過：兩門學科的交接部，是一門新學科誕生的產床。在雜交過程中，必然往彼方的學科概念中摻進去此方學科的新內涵。多學科的雜交，多層次的雜交，必然使同一概念賦有多元的定義，使概念的內涵在多元中變得極不確定，致使概念脹斃。

呵，這年頭懂得越多的人說得越累，因爲他知道自己所使用的許許多多概念的內涵不確定性越多！越來越不好說、不敢說、不會說。然而，人是符號的動物；人之所以爲其人是會說和必須說。哈——唉，可笑而可憐的人類！

一九九三・五・於巴黎

人情仿生

——四樂章

獅馬的旋律對位

看電視。「動物世界」第X集。萬里之外的非洲，被「電子們」馱來了，馱到離我只有幾米之遙。

就在我眼前，一頭非洲雄獅，抖擻著有震懾心理效應的長毛，餓撲著一群驚恐的斑馬。風馳電掣的馬影、獅影。比非洲鼓聲還激烈的蹄聲。但是，「百獸之王」太丟面子了，居然一而再、再而三地撲空。你獅子進化出無比的利牙尖爪和無敵的肌肉力；它斑馬進化出能逃命求生的「飛毛腳」。獅子很惱火，很沮喪。馬吃草多好，草不會跑；可獅子吃肉，肉卻會飛：百獸之王也有一本「難念的經」。還得追！還得撲！不然就得挨餓。牛頓說，第一原動力是上帝；對於動物來說，第一原動力是飢餓。

換了一種策略——打埋伏。唉，討厭的小獅子真不懂事，偏偏在斑馬接近時從那邊草叢中鑽出來，過來找獅媽媽！暴露了！到嘴的肉又飛掉了！

再換一種進攻方式——全家（六頭成年獅子）合圍。合圍可不是拉網，可以突圍的縫隙太大。十幾匹、幾十匹斑馬跑出合圍圈，眼看又要完了！

忽然有匹斑馬踉踉蹌蹌，越跑越慢，快要跌倒。撲上去！謝天謝地，這一回逮住了。這是一匹可憐的病馬。獅子可不存在著吃了病馬會食物中毒的現象。不會。因爲它們總是吃病馬——似乎只有吃病馬的待遇，所以獅腸胃有天生的免疫功能。六隻獅子全來了，你撕他扯，眞是血濺肉飛。如果站在「馬道主義」立場看的話，實在是慘不忍睹！

又一次追獵。一頭母獅追上了一匹小斑馬。儘管母獅已當了母親，可不把半點母愛給這幼馬，毫不遲疑地把利牙刺進幼馬嫩脆的胸膛。幼小的生命夭折了。母獅銜著幼馬去餵自己的幼獅，以體現獅子倫理學上的母愛。

對於斑馬來說，獅子是兇惡的敵人，連有病的俘虜都不給予優待，沒有半分惻隱之心！對斑馬來說，獅子是殘忍的敵人，連可愛的幼馬都連骨吞下，而且還是也有了兒女的母獅幹的！

可是，我卻聽到了人類的生物學家的辯護——他們當了獅子的「律師」。獅子吃的是病馬，幫助斑馬進行了「獅工」優選，保證了斑馬的優生。劣種被淘汰了，剩下最健壯的，繁衍著後代。是的，獅子吃了一些幼馬；但是，這也是爲斑馬辦大好事——實行計畫生育。

誰都知道，在非洲，供斑馬食用的草地是個有限的面積，只能養活有限數量的馬。如果不是獅子辛苦的奔逐，吃掉一定數量的幼馬，那斑馬就會像「人口爆炸」危機一樣發生「馬口爆炸」，太多的馬一下把草地吃光，像恐龍一樣地滅絕！哦，還有，如果沒有獅子猛追斑馬，那馬的物種中就不會有「千里馬」的風采。

那麼，不得不承認，獅子同時是斑馬的益友，是壞心幹好事的好朋友。當獅子餓撲過來時，斑馬既逢兇又化吉。

這獅馬關係學不是能讓我們進行人情的仿生嗎？「敵人」、「災難」、「逆境」、「對立面」，全是可怕的詞彙，然而，不是也有獅子對斑馬那樣益善的含義嗎？

沒有敵人，就沒有勝利，就沒有英雄。

自然界在給人一份災難時，同時又給人一份智慧。

逆境，常常像中子轟擊原子核一樣，在痛苦的裂變中，釋放出原子能似的精神能來。

沒有對立面的制約，即便是金科玉律，因爲失去「有理、有利、有節」，讓眞理跨過一步而導致荒謬，成了病馬似的「病理」。如果沒有對立面的否定和揚棄，縱使是名人、名著、名事，會因爲太多的頂禮膜拜者亦步亦趨、人云亦云，不「計畫生育」，導致濫俗重複，導致同性繁殖、近親婚配似的遺傳退化。

似乎可以引出一個人際關係的仿生結論了：斑馬應該痛苦地歡迎獅子的追殺；那人也應該悖情地喜歡對立面的挑戰。當然，人要的是事業上的對立面，例如，學問家需要異己的流派，運動員需要競賽對手，軍事家需要敵軍；但是，人不需要非事業性的危害自己人身安全的對立面，如遭到歹徒的襲擊、人事方面的排斥、家庭生活的不幸等等。

當我的注意力再次集中到電視屏幕時，早已變換了節目。是個寓言小品。演的是一頭驢總是喜歡讓別人騎。問它爲什麼時，它說：「不騎不長勁兒……」聽者都笑它愚蠢。但是，我覺得驢倘能和斑馬合作，可以寫出一本精深的亙古未有的《人才學》來，因爲斑馬在給人才啓示「對立面」的大益，而驢在向人才證明「對立面壓力」下的碩果。

青蛙的「小夜曲」

我又聽到了一片蛙鳴，蓋過了一切響聲的蛙鳴。

以前我不愛聽。蛙是爲求偶而叫的，是唱情歌。這恐怕是生物界最難聽的「小夜曲」了。愛情的別名是溫柔。老虎求愛，大象求愛，包括人類的大力士求愛，都不會是雄糾糾氣昂昂的，一到那時，就會酥軟無力，柔情似水。因此，情歌總是婉約纏綿、細聲細氣的。哪像蛙這樣：唱「小夜曲」唱得頸鼓眼凸，聲嘶力竭，整個都變了形。難道不怕把情侶嚇跑？還有，音色也太刺耳。蛙的舌頭是捉蟲器，特長，舌根不在喉頭，而在下顎的前端，舌面倒捲過來放在嘴裏，遇到蟲時可以像鞭子一樣甩出去黏住食物。可是這種舌頭唱情歌就糟了，全是發顫的捲舌音，哪能抒發神祕而神聖的初戀之情？

但是，我今天卻愛聽這刺耳的噪音。當然，人不是無條件地討厭噪音的，有時很喜歡，而且越噪越好。比如，歌唱家最喜歡來自觀衆席的鼓掌和歡呼噪音，因爲那是她歌聲魅力的顯示器。又如，國家元首出訪，在歡迎儀式上他喜歡聽二十一響禮炮的噪音，愛聽機場上歡迎隊伍的歡呼噪音，因爲那噪音是友誼和尊敬的載體。那麼，我愛聽蛙的聒噪是爲了什麼？我似乎覺得它在批評我們、警示我們——

那連片的響遏行雲的蛙鳴，似乎在顯示它們是地球上最有生命力的物種之一，是萬壽無疆的物種。我似乎聽到它們那發悶發顫的捲舌音在表述：「我們的資格不知比你們人類老多少！我們親眼看到過龐然大物恐龍的絕種悲劇，我們也親眼目睹過不可一世的劍齒虎的最後末日。今天的地球上，據說，幾天就有一種生物絕種，連你們最喜歡的大熊貓都岌岌可危。看我們，雖然沒有利角、尖齒、毒液、硬刺防身，因而天敵很多，如鷹、蛇、鷗、貓頭鷹、蒼鷺、鼬、獾、獺，甚至鬼鬼祟祟的老鼠，都拿我們充飢，就連你們人也恩將仇報，把我們當菜；但是，我們仍然蛙丁興旺，布滿全球。訣竅是什麼？就是你們嗤之以鼻的兩個字：『適應』！我們水上能生，地上能活，小時有腮，大了用肺，天熱潛水，天冷冬眠，爲了考慮天敵給我們帶來的巨大傷亡，我們的蛙母一春就產下一千至四千個兒女……就靠這些，我們成了全天候的、全方位的適應者，要是以適應能力進行評比的話，我們是百獸、百蟲之王。你們人類越來越嬌氣，也就越來越危險！」

我在蛙鳴聲中沉思：「我們危險嗎？過去，我們歷來引以自豪的是，我們不是像蛙那樣去適應自然，而是讓自然順應我們。我們創造了一個偉大的符合我們意志的第二自然：有房子、衣服、糧食、花園、電冰箱、汽車、彩色電視機、航天飛機……我們能在青蛙不能生存的海底、太空，甚至死寂的月球上生存。凡傷害我們的天敵，什麼虎狼蛇鯊，只要我們願意，都可以讓它們滅絕。因此，我們的產婦，不需要一胎生下四千個，在這『人口爆炸』的今天，一胎生一個、一生生一個都嫌多！所以，我們歷來認為青蛙之類的適應自然者，不過是自然的奴隸。現在，我們的生態學家終於和青蛙所見略同了，發出了同樣的警告：河流被污染，大氣裏二氧化碳太多，植物在銳減，水土在流失，生態失去平衡，資源發生危機……正像恩格斯所預言過的，大自然在報復我們。雖然我們有能力對付這種報復，但是，事態確實嚴重。」

現在我們才明白，我想，要做到我們所嘲笑過的「適應」，可不簡單呢！未來學家告訴我們，能否通過遺傳工程，把我們的皮膚變成綠葉一樣的葉綠素，這樣，我們就不愁糧食了，曬曬太陽進行光合作用就能供給機體能源了。這不是「天方夜譚」，在大自然中有這種體內含葉綠素的動物。在熱帶海洋中有種夜光蟲會發光，它們身體上聚集著一種隱滴蟲。這種蟲體內含葉綠素。它利用夜光蟲之光，進行光合作用，把二氧化碳合成澱粉。還有更富有想像力的設想，人身皮膚是太陽能電池，直接由陽光作為能源，而且不怕沒氧，不怕有宇宙射線。那麼，這樣的未來人就能夠移居到任何一個星球去生活，去開拓。

因此，我們的任務，不是一味去改造自然；還應該向青蛙學習，不斷改造自己的身體(不只是思想)去適應自然。在現階段，在沒有進行遺傳工程或其他未來工程改造過的人，應該盡量地多接觸大自然，適應大自然，而不是整天鑽在有空調設備的第二自然中。不然——報紙就報導過，美國爲節約能源，要每個家庭夏天的空調溫度升高一度，冬天室溫降低一度，馬上就有不少人患病，得到了強迫自然順應我們的局部報應！強迫自然順應人類的文明，是潛伏著物種滅亡的可怕文明！

蛙鳴突然低沉下去了，如泣如訴。我似乎覺得它們在反省。是的。它們在講述一九七〇年十一月七日至十一月十三日的轟動全球的蛙戰。在馬來西亞一個大泥潭裏，一場暴雨之後，約有一萬隻蛙進行會戰，廝殺聲振聾發聵。等動物學家趕到，只見到很多死蛙，活的倖存者不在了。因此蛙在內省說：「我們最善於適應自然，是適應之王。但我們蛙與蛙之間卻很不適應，大規模的自相殘殺！在生物界，同一物種間大規模自相殘殺的只有我們青蛙和人類，爲什麼？爲什麼？」

生物學家、動物學家、人類學家都回答不了青蛙的詰問。

只有人口學者馬爾薩斯提供了一種解釋：因爲人口按幾何級數增加，糧食卻只按算術級數增加，於是，在人口增長過速時就出現戰爭、瘟疫等大規模節制人口的措施，以保存物種和保護生存資源。可能蛙戰也是同屬此理。可是，人戰不同於蛙戰。蛙戰永遠是局部蛙群之戰，而人戰，卻是越來越升級的全人類之戰。人類掌握的核子武器，已使每個人攤到四噸TNT烈性炸藥的當量，足可以讓全人類消滅五十次，不是一次！此外，蛙戰從不會破壞它們的生存資源，而人戰卻是越大規模地消耗不久就會枯竭的礦物能源之戰。更爲可怕的是，由於人的極高智能，能使所有參戰的各方都能找到最神聖的理由證明自己是爲拯救人類而戰的聖戰……

今夜蛙鳴是引人自醉的人類的輓歌嗎？

烏鴉的悲愴宣敘調

我曾去過中國道教聖地武當山旅遊，沒看到道士打武當拳，倒看到了一個活景——「烏鴉接食」。去武當山進香的善男信女們，除了給眞武祖師帶香火、小蔴油、功德錢外，還要專門爲烏鴉帶來炒包穀、米花，到烏鴉嶺去撒食。這是一個絕無僅有的奇景。奇就奇在全人類自古至今都討厭烏鴉，而偏偏武當山的烏鴉，享受著這麼高的待遇！

活景，激活了我大腦中貯存了幾十年的關於烏鴉的信息——

想起〈烏鴉與狐狸〉的寓言。烏鴉是個可笑的又醜又不知醜的愛虛榮的角色。烏鴉銜了一塊肉，被樹下的狐狸看到了。狐狸就拚命恭維烏鴉，說烏鴉不僅長得美，而且有一副金嗓子，它非常喜歡聽烏鴉唱歌。烏鴉神醉心迷，眞認爲自己是天底下最優秀的歌唱家了，於是開口一唱，肉就掉下地去被狐狸叼走了。

記起許多諺語——諺語是沉澱在形象裏的人生哲學的符號結晶。人們創造的關於烏鴉的諺語沒有一句是好聽的：

「即使烏鴉插上了孔雀的毛，也還是烏鴉。」

「烏鴉騎在豬背上，只見別人一身黑。」

「如果讓烏鴉做你的嚮導，你將會被帶到腐屍那裏去。」

「讓餵養烏鴉的人知道，總有一天它會啄掉你的眼睛。」

……

我還記起「姓名香貫滿梨園」的元曲四大家之一——馬致遠的一首小令〈秋思〉：「枯藤老樹昏鴉，小橋流水人家。古道西風瘦馬。夕陽西下，斷腸人在天涯。」在這首跳躍性很大的「意識流」散曲中，昏鴉，是黃昏之鴉，也可引申爲昏庸之禽，與「枯藤」、「老樹」、「西風」、「瘦馬」、「夕陽」等衰頹腐敗之景同屬一類。

就是在中國近代思想家、文學家魯迅的筆下——小說《藥》的結尾裏——烏鴉亦是墳地的共生物，死亡的象徵。

人類對烏鴉的印象壞極了。

人類對待動物的態度，似乎是由動物對人類有害還是有益來決定的。虎狼蛇鼠等動物受到詛咒，因爲它們害人。

烏鴉害人嗎？動物學家說，它是和喜鵲同屬雀形目鴉科，都是益鳥，爲人類也爲它自己捕食著農作物的害蟲。什麼螻蛄、蝗蟲、金象甲、象甲及其他鱗翅目害蟲，只要被它看見，全活不了！哦，防疫專家們還告訴我們，烏鴉是大自然的清潔工，吃掉腐屍，清除掉環境汚染。

那麼，人爲什麼對烏鴉這樣以怨報德呢？這樣不公平呢？就是因爲它長得醜，叫得刺耳，再沒有別的理由。儘管我們人類一再理性地批判不要「以貌取人」，但是人們怎麼也做不到：因爲知道烏鴉有益、孔雀有害（孔雀吃花、吃果、吃蔬菜，拉的大便還有毒），就會喜歡烏鴉而討厭孔雀。不會，永遠不會。這是人的審美天性，改變不了。雨果在《巴黎聖母院》中，描寫了善良、美麗的吉普賽少女愛斯梅哈爾，儘管她知道聖母院敲鐘人加西莫多的心靈最美，但是，因爲加西莫多生得太醜，她不可能愛敲鐘人。

歌德說過，人只有在人們中間才能認識自己。我們能否從烏鴉的悲劇中認識自己呢？證明我們的天性要求著兩美（自然感官美、社會創造力美）同時得到滿足。取貌不取品格、取品格不取貌都不符合人的審美天性。然而，傳統的倫理學認爲取貌（感官的愉悅美）是人的缺點。不，不不，倘若人類沒有這個要求，就不會產生維納斯雕塑、《蒙娜麗莎》繪畫、故宮建築、芭蕾舞《天鵝湖》、黃山風景區……

因此，我不爲烏鴉鳴不平，而只是爲烏鴉遺憾，就像吉普賽美少女爲聖母院敲鐘人遺憾一樣。

但是，武當山的道教傳說卻把烏鴉封爲靈鳥，讓信徒們給烏鴉撒食。理由是，當年眞武來武當修行時遇妖，烏鴉爲他報禍，並叫來了救星紫元君，使眞武脫險。眞武成仙後，不忘它的前功，給了它「靈鳥」封號。這個傳說的價值觀念是反傳統的。歷來認爲烏鴉報禍是不祥之鳥，而傳說卻讚美誠實的報禍精神。這很可貴。人類社會就是在報禍和治禍中前進的。一切偉大人物，正是偉大在他的報出實禍、審出眞醜的功能上。哥白尼的偉大，偉大在他報出了基督教的「地球中心說」之謬、之禍，提出了《天體運行論》；愛因斯坦的偉大，偉大在他發現了牛頓力學中的錯誤和局限，報出了牛頓力學用於光速世界微觀世界之禍，提出了相對論和發展了量子力學；維納的偉大，偉大在他擺脫了只研究一個系統的具體結構、機制之弊（也可以叫禍），提出了研究系統中的信息變換過程和反饋原理的控制論……

傳說畢竟是傳說，烏鴉並不會報禍。正是因爲它不會報禍，才是昏鴉。這樣，又使我們「仿生」出一條情理：一切只會對前人說「是」，而一點也說不了「不」的人，是昏人。科學哲學認爲，能被證僞的學說，才是屬於科學範疇的；換句話說，一切科學活動都是在證僞（即對前人或偉人能有證據地說出「不」字）中前進的。烏鴉精神萬歲！

在「猴天才」前的詠嘆

我曾看過上海雜技團馬戲隊的演出。

難怪日本觀眾看了兩個猴子騎三輪車和騎自行車表演之後驚嘆說：「不可思議！不可思議！」

猴子會騎三輪車，而且會倒騎。我臉紅了，因爲我至今還不會騎三輪車，一蹬，車把老是往一個方向歪，掌握不了方向。猴子卻騎得那麼熟練！

猴子還會騎自行車。它們推車出場，利用車子滑行慣性跳上車，然後非常熟練地把著車把，快速地在圓場裏轉圈。繞場幾周後，它們會調整方向，朝場子中放著的一個小拱橋騎去，上坡猛蹬，下坡不蹬，這水平不亞於大多數騎自行車的人。

它們的表演，證明它們會思維（判斷方向及障礙物），會掌握工具（調節好隨時都可能倒下來的自行車）。雖然它們不會說話，但是，能聽懂馴猴師的指揮語言——「順騎」、

「倒騎」、「上車」、「轉圈」、「過橋」等等，並能準確地按命令實施。它們向人的方向跨進了一大步，超越了所有的同類，獲得了人的一些本質（思維、語言、掌握工具）。它們該是猴子中的天才了。可是，天才乃是勤奮嗎？

我走出劇場時，忽然聯想到印度的狼孩。一個男嬰，被狼叼走，狼母親用狼奶養他。長到十歲時，他被人發現而帶回人類社會。他仍然像狼，晝伏夜出，吃活雞，像狼一樣引頸嗥叫，四肢走路，趴著睡覺。給他牛奶喝時，他不會端碗啜飲，而是像狼一樣用舌面舔奶。對他進行了七年教育，只學會四十五個詞。狼孩的智能基本上像狼，連猴的水平都沒有。

哦，我又聯想到俄羅斯發現的熊孩，他像熊一樣咆哮，像熊一樣笨拙地走路，像熊一樣喜歡敲打樹木。

印度還發現過女性猴孩。想到這兒我笑了：印度人怎麼老丟孩子？可是印度的野獸還很有「人道主義」呢！據說這個猴孩比狼孩伶俐，智能和猴子相當，習性也同猴一樣，會爬樹摘果，會像猴子一樣奔騰跳躍。

人，智能最高的人，到了動物中，卻變成了「狼才」、「熊才」、「猴才」。難道「狼才」乃是不勤奮嗎？

我走一路，想一路。當我回到下榻飯店時，腦子裏仍是一片混亂無序的信息：狼孩——騎自行車的馬戲猴——猴孩——天才乃是勤奮——「狼才」乃是不勤奮……

睡前，我有翻雜誌催眠的習慣。在一本自然科學雜誌上隨意翻閱到了一句話：生理學家證明，不論動物還是人，爲了適應複雜的環境，在體力和智力方面有著十倍的安全係數，也就是說，在一般情況下，只啓用體力和智力的十分之一，有十分之九在沉睡著。

啊！這段話非同小可，是「智慧的膠水」，一下把無序的信息有序地黏接起來了。形成了一個嶄新的「思維模型」——

猴子會騎自行車，是馬戲演員幫它開發了智力的十分之九，遠遠超出了它的同類。

狼孩像狼，是狼抹去了高智能人應有的「人的十分之一」，而變成了狼的智力的十分之一。

正因爲人有十分之九的潛在體能可開發，才會產生世界舉重冠軍、跳高冠軍、高超的舞蹈演員、拔萃的雜技演員……（當然，人在開發體能時也同時要開發智能）。

正因爲人存在著十分之九的潛在智力可開發，才會產生偉大的科學家、哲學家、政治家、工程師、作家……

如何開發「十分之九」？僅僅是勤奮？人在狼那裏勤奮充其量是狼的水平。十九世紀有個外國王子，從小就被囚在黑暗的地牢裏，一直關到十七歲，從沒有同任何人直接有過信息交換，沒有見到過地牢外的世界，等他被釋放後，連狼孩的智能水平都沒有。

由此可見，信息才是開掘「智礦」的鑽頭。信息是社會的遺產。信息對於天才不僅供給滋養品，還提供刺激劑。社會變動愈大，刺激愈大，天才愈容易產生。希臘的皮瑞克里斯時代，義大利的文藝復興時代，英國的伊麗莎白時代，法國的路易十四時代，中國的春秋戰國和漢唐時代，都是群星閃耀的時代。並不是因爲上述時代人的大腦神經元特別多，大腦皮質構造特殊，而是因爲這些時代的信息環流特別活躍，激勵行爲的信息特別富足。

爲什麼同一個人，在這個環境中平庸，到另一個環境中突然成了開發出十分之九的傑出人才？就是因爲另一個環境有著最先進的內容和方法論信息以及激勵行爲的刺激性信息，在這樣的先進信息環境中，勤奮才能開放出智慧的花朵。

我在馬戲猴及狼孩那裏「仿生」得到：在這「信息革命」的新世紀，不再靠「出大力，流大汗」而是靠智力來創造未來，每個人如果想開發自己的「十分之九」，就得千方百計地去尋找最新的而且富有激勵性的信息源。如果總是在接收墳墓裏的舊信息，總是在說著假大空的話的環境裏度日，那就有著退化爲「狼孩」的可能。

時代正在極力改善信息環境，時代正在激勵我們，我們這一代完全有可能成爲成功地開發自己的一代！

法蘭西隨筆

——七篇

橙紅色的失重

命運把我拋射出去——流亡了！

一九八九年七月十七日晨七時。我對這個時間的直覺非常特別：空間化了的時間。也許是因爲在此刻同時湧入了太多的全新體驗吧？橙紅色的黎明——溫柔地展開著的輝煌，早霞製作了一個橙子似的橢圓的太陽，驚詫地看著飛落異邦的我。「自由民主搖籃」的法蘭西和「藝術之魂」的巴黎，本是我從雨果、羅丹那裏得來的夢，此時卻是我站立其上的實實在在的大地。迎上來的法國漢學者，面孔完全陌生但靈犀未點就通。滿目的文字符號全然不識，充耳的人際話語一句不明，突然感到心理性的失明和耳聾。還隱隱感到一種莫名的精神失重感呈螺旋線展開……

不知是該說「啊」還是「唉」！油然萌生出一個令人眩迷的通感：染上了橙紅色的失重。

被命運拋擲的我，不是伽利略手上的鐵球。伽利略當年從比薩斜塔上鬆手掉下去作落體實驗的球，是被地球引力俘虜和囚禁的角色。球是失落，不是失重。我卻是痛苦而幸運的失重者——牛頓苦心證明並熱烈憧憬的獲得了「宇宙速度」的太空人，終於擺脫了無所不在的地球魔力。我逍遙了，如《莊子·逍遙遊》中的鯤鵬，扶搖直上九萬里；但也失重了，無左無右，無上無下，無恆無定，絕對縹緲。倘若你曾是芭蕾舞明星，在失重態下再也完不成「倒踢紫金冠」的精湛表演；如果你是超級球星，那你會驚愕歷來馴服的球怎麼會像精靈一樣逃遁……，總之，一切原有的難能可貴之處都因縹緲而虛無。本是高揚的水銀柱忽然跌落趨零。

散仙的吟唱與狼孩的哀嚎構成了複調。

文學，本是自由靈魂縱情嬉戲的家園。然而，在中國，我多年感到一提筆就有個「隱形人」在監視，每寫一句話前，都得問一問隱形人：「可以嗎？」只有得到這位可怕的靈魂警察的允准，才能落墨於稿箋。這個隱形的靈魂警察就是紅色的極權意志。它若對你寫下的文字搖了搖頭，即使是你如托爾斯泰所說的蘸著自己的血肉寫下的警言妙語，也得統統抹去；不然你的靈與肉就會大難臨頭——批鬥、發配、坐牢甚至殺頭。有時一些童貞的書呆子自以爲隱形人在打盹，或者是隱形人故意鼓勵你自由鳴唱一番，於是，自由寫下了幾句人話、眞話；壞了，靈魂警察的警棍突然迎頭重擊，多少童心未泯者含恨而去了。因此，在中國流傳著這樣的豪言壯語：「中國人連活都不怕還怕死嗎？」雖然每次靈魂警察的掃蕩我都在劫難逃，但未死未寂。我終於學會了雨果式的狡點——雨果說，在戰場上選擇對手時，一要能打贏，二要若打不贏時能跑得掉。憑著我學過工科的知識結構，搞了個雜種文學——文理雜交，常以自然科學作爲人文的抒情言志的編碼程序。隱形人對此失去判斷力了，因爲它歷來認爲「自然科學無階級性，不會顚覆無產階級專政」，還因爲它對自然科學知之太少。嗬，我春風得意地發表了一本又一本的馬驢雜交的「騾子文學」作品。歪打正著，評論界反而認爲這種「遺傳工程」式的文學乃是獨樹一幟的新潮。然而，藝術靈魂的秉性不是狡點而是癡頑的赤誠。當中國發生一九八九年的席捲全國的民主運動——中國學生和知識界發起的用血肉之軀構築保衞基本人權的血肉長城——時，當獨裁者用坦克輾壓這座長城時，我再也不能應用雨果的策略了，心底的熔岩直接噴射出來。合乎邏輯的報應是，被迫流亡到當年雨果逃離的地方（雨果爲逃避拿破崙三世的政變之難而逃離了法國）。當然，我比雨果幸運，法國大革命二百年後的土地已成爲自由靈魂的溫馨家園。那個站在我身後多少年的討厭而可怕的隱形警察突然沒有了！我終於可以說人的話，唱人的歌，洩人的欲。這是我生平第一次享受到的心靈自由。來得太突然，給得太多，致使我產生了像突然走出久居的黑房而來到燦爛豔陽下時的感覺，驚喜、眩暈、疑惑、局促甚至覺得精神上太奢華了。緊接而來的第二個精神浪潮是寫的衝動，恨不得一口氣寫下十本最想寫的書！

但是，一個「自由悖論」落我頭上：在同一條件下，由自由命題推得了非自由命題。在法蘭西自由的土地上，不識法蘭西文字與語言的我，立即收穫令人窒息的非自由。站在現代人最重要的信息泉（電視機）前，這五彩斑爛的湧泉到我面前就鑽入地底，成爲冥冥不可及的地下河。琳瑯滿目的報刊、雜誌、書籍全成了不漏點滴玄機的「天書」。我患上了見泉而喝不到的最焦慮的信息飢渴症！社會學家統計過，生活在大都市裏的人，每天平均要看到一萬張臉。是的，我每天遇到一萬張友善而迷人的巴黎臉。一個人是一個宇宙，我被那褐色的、藍色的、黑色的各色瞳仁誘發出一種特強的欲望，想進入那一萬個「巴黎內宇宙」。人的內宇宙是作家藝術生命須臾不可或缺的維生素。可我被拒斥擋住了，因爲我沒有可交流的語言——唯一的通向人的內宇宙的准行證。相逢時只能聳肩、苦笑、不敢對視地枯坐。這比拒斥在藏有維納斯、蒙娜·麗莎的羅浮宮門外還要難忍！我可悲地想到了那位寫《人論》的德國哲學家卡西勒，他把人定義爲「符號的動物」；如今我這流亡者突然喪失了有聲符號（語言）和無聲符號（文字），那淪落爲何等動物了？我曾寫過一部中篇小說，寫一位教授因長期只接收低智能的信息漸漸蛻變爲狼孩。狼孩本是和我們一樣具有一百四十億神經元的大腦，因爲只接收到狼群的信息，就成了人形狼性的狼孩。我不禁寒慄：在十分開放的社會裏，我卻成了最封閉的人，在最寬闊的信息江河邊，我卻患了飢渴症，這還能不向狼孩蛻變而去嗎？由於我種種條件所限，已不可能把法語作爲第二母語進行寫作及與人進行深層的交流，那麼，這狼孩化過程不是不可逆轉了嗎？

狼孩是不知痛苦的，因爲他不能意識到自己是狼孩。我卻是省悟到自己是狼孩的狼孩。不，有時並不。有時我還會沉迷於過去中，還極力保持「著名作家」的心態，就像一位人老珠黃的婦人還認爲自己有著傾城風貌弄姿於人前所產生的「黑色尷尬」，悲涼的可笑。馬克思說「人的本質力量對象化」乃是美。如今我失去了廣大的漢語讀者對象，其本質力量就化爲烏有了，作爲人的美被廢黜了。卡夫卡寫了《變形記》，我在體驗著未寫的「變狼記」。

但，我還是執著地認爲，我不是失落而是失重，美麗的橙紅色的失重。也許正因爲這種失重，流亡十九年的雨果才能寫出《悲慘世界》？流亡的馬奎斯才能寫出《百年孤寂》？是的，因爲藝術創造是自由之子。何況，失重不是墜落的悲劇，一旦太空人學會了「太空步」就能行走於廣大無垠的太空，去布放上帝造不出來的人造異星。「自由悖論」也並非絕症，羅素的「理髮師悖論」不是孕育出了他的新「數學原理」嗎？

那麼，我在慨嘆淡淡哀愁的「唉」時，似乎同時還應注入激越應戰的「啊」！「?!」——從未聽過的，來自自己內宇宙的、二聲部的、正在展開的、橙紅色的失重複調……

一九八九・八・於巴黎

黑貓／莫奈的眼睛

無可奈何起了個早床，因爲約友遠遊。半醒的朦朧。

沒有溫庭筠〈商山早行〉的「雞聲茅店月，人迹板橋霜」。拉開窗帘，有兩隻特別出類拔萃的黑貓用餓眼在向我乞討，我扔了兩塊鷄肋。想：都說法國人寧可養貓狗，不願養孩子，因爲孩子無回報，而貓狗卻終身報以春天般的愛；爲什麼這兩隻極爲可愛的黑貓遭嫌棄？哦哦，鄰居早告訴我了，黑貓是不祥之物！它們被冠上了與它們完全不相干的「符號意義」，倒了大楣。被定義爲「符號的動物」的人在用符號虐待無辜的黑貓！

九個人。兩輛車。時速一四〇公里。出巴黎沿塞納河西流的方向撒歡飛馳，因此，莫奈畫的《日出》之日在追著我們，不是夸父追日的悲劇性誘惑。一個多小時就到了印象派鼻祖莫奈的故居——莫奈博物館。

肚子餓了。先吃飯，再去約會莫奈。失去了孔夫子的「聞韶樂三月不知肉味」的以藝術美味替代口味的遺風。法語教授劉俐代點菜，問畫家韓舞麟吃什麼、要什麼，韓答：「什麼都吃，就是不吃虧；什麼都要，就是不要臉。」滿座開懷。法國侍應生問笑什麼，可惜這是語言的不可譯部分。若直譯，完全不好笑了，語趣沒了。

這兒的招牌菜是「睡蓮沙拉」。當然不會有睡蓮花葉入菜，只是爲了讓食客聯想到莫奈的名畫《睡蓮》，是「符號佐料」。又是符號！

進莫奈的玻璃頂大畫室。人去像猶在。八十銀髯老翁，目光如炬。同畫家會晤，是同他的眼睛晤談、傾訴。

看到他的《日出》。一八七四年展出開印象派先河時，畫評家以古典主義的「符號規則」判定《日出》是劣等的「未完成草稿」，是瘋人之作。就像人們用不吉祥符號唾棄我今早看到的出色黑貓一樣，莫奈也曾遭到符號之害。

進入莫奈故居的東方園林，才能識別後來畫評家說的「他有一雙了不起的眼睛」。荷塘睡蓮與畫布上的睡蓮迥然相異。荷塘睡蓮是人人能得的孟子說的感官同美；畫布上的閃爍著光的絢麗流動美，卻只有莫奈的眼睛看到。他的藝術之眼卻是由光學與靈感的合鑄。也許這正是「了不起眼睛」的了不起奧祕所在。

我在小橋流水綠竹碧荷處發愣自問：我看世界有沒有自造出一雙有特異符號體系作爲視神經網膜的眼睛？

一九九一・八・三十・於巴黎

眼的滑雪記

一

雪，滿目雪，空降下萬噸白。

呵呵，阿爾卑斯山上空正在空降下萬噸潔白的暴徒，悄然地、柔情地、飄渺地而且絕對地對一切異色進行強暴，占領千山萬壑、萬樹千木，多元的峻嶒、多元的色階被絕對強暴成一元的曲體和一元的潔白。「落了片白茫茫大地眞乾淨」。詩意的強暴。

寰宇間其他的強暴或占領，都是震聾發聵的、摧殘的、血汙的，唯獨這眼前的有著優雅的六角形晶瑩之胴體的赤裸裸的白色暴徒，卻以優雅的詩情的方式進行溫柔純情的征服。

不，且慢，也許不是「唯獨」。憶起濃戀時刻，那萬片彩霞般的麗影，在我的精神蒼穹大空降，頓時占領所有的知覺、記憶、想像、邏輯演算及夢……也是那麼悄然，那麼柔情，那麼飄渺，那麼絕對的但又是詩意的強暴。愛的強暴。

那麼，阿爾卑斯山上空灑向人間的也是刻骨銘心的愛的激越所施的詩愫的絕對暴力。

二

夜宿童話裏的木屋旅館。

關燈。睡下。故意不拉上窗帘，看著街燈照明的大雪，我好像就睡在冰天雪地裏。今夜我豈不成了北極極地上的愛斯基摩人？明早一起床，我就赤條條地鑽進高達攝氏五、六十度的桑拿浴室，又成了赤道上的熱的極地上的公民。兩極體驗。哈！美的效益是設計出來的，你有多大的設計能力，你就有多大的美感收穫。

雪在身邊舞。雪是有釣餌的鉤，把我記憶湖裏的「雪魚」——關於雪的詩——給釣了出來。

「光樓皎若粉，映幕集疑沙。泛柳飛飛絮，妝梅片片花。」——李世民的詩句此刻使我的眼成了唐太宗的帝王之眼。

雪的柳絮。雪的梅花。韓愈之句更妙：「白雪卻嫌春風晚，故穿庭樹作飛花。」雪知我待春心焦，它扮了花的角色穿樹而飛，作爲春的信使提早送來春訊。妙極，極美，此刻我借用「唐宋八大家之首」的監察御史韓愈的眼睛看到了阿爾卑斯山的雪原是長著白色小翅膀的春的天使，今夜來稀釋我懷春的焦慮。

「燕山雪花大如蓆」——我的眼化作李白之眼。

「拂戶初疑粉蝶飛，看山又訝白鷗歸」——透過唐朝的無名氏之眼，看到了雪的蝶，雪的鷗。

「是雨還堪拾，道飛花，又從帘外，受風吹入，撲落梅梢穿度竹，恐是鮫人泣訴。」——呵，宋人葛長庚借眼給我，今夜之雪成了中國神話裏的人魚（鮫人），她曾爲報答收容她的主人，拿一盆而哭，滴下的眼淚全是玉珠。今夜我將得多少鮫人送我的寶珠？

……告訴你一個審美祕訣：一本而萬利的審美就是借用「鬼眼」。鳥也看雪，狗也看雪，爲什麼唯獨人看雪才有美感？你看雪，我看雪，他看雪，並不是人人看雪都有美的愉悅，何故？美的獲得並不是眼睛看得的，而是首先由心靈精造出令我十分愉悅的審美觀念，然後在現實中有意無意得到了與觀念符合的形象圖式，兩者在匹配過程中達到美感高潮。李白認爲極度的浪漫誇張爲美，當他觀到燕山紛揚的大雪片時，不稱鵝毛大雪，而誇張爲片片大蓆，蓆的形象與浪漫派觀念匹配而達到美感高潮的愉悅。再如唐詩人高駢，認爲善對惡的征服卽爲大美，因此，他在〈對雪〉詩中才這樣去尋覓與此審美觀念相匹配的形象圖式：「六出飛花入戶時，坐看青竹變瓊枝。如今好上高樓望，蓋盡人間惡歧路。」如果讀者也具有與高駢相同的審美觀念——善征服惡卽激起極大的審美快感——那麼，當他讀到高駢這首雪詩時，特別是他面對大雪鋪地之景想起這首詩時，就會馬上享用到觀念與形象圖式交合時的審美快感。繼承大筆遺產去享受，比起自己苦鬥賺錢去享受來，哪個更節能、更愜意？不言而喻。借作鬼古人的美眼去審美，好比是得遺產去享樂，當然是一本萬利！所謂一本，那就是多背一點名詩、名作而已。

然而，身上的「鬼眼」多了，逢事逢美都用鬼眼去看（引經據典、詠詩唱賦），那麼，我的眼幹什麼去了？

唉，今夜，我的眼瞎了！

三

夜擲萬頃銀，晨投一谷金。

一夜大雪戛然而止，黃色的晨曦從雲隙裏射向一個低谷：滿谷輝煌奪目的金。

已有不少穿著彩色滑雪裝的晨滑者凌空而下，疑是早霞從九天滑落，由銀的巔峰狂奔向金的低谷。呵，不是無欲的彩霞，而是像當年湧向美國西部開括新邊疆的淘金掘銀的富豪族。

四

我沒滑雪，成了無金無銀的窮光蛋。也許是人的妬富的劣性，對面前越來越多的彩色滑雪族進行起不善的精神分析來——爲什麼破費很大來受滑雪罪？

我不滑雪，在滑舌。

阿爾卑斯山的山民說：「古老的雪是死神，莊稼死了，花死了，草死了，彩色死了，百獸百鳥萬民於凍餒中在抵抗著死神的追捕。如今的雪卻變成了財神，點石成金，不，是點雪爲百萬千萬法郎送給阿爾卑斯山人。」

然而，厚道的阿爾卑斯山人怎樣回報巴黎的、柏林的、倫敦的、甚至是紐約、華盛頓的城裏的送錢人的呢？

——把他們領到「高處不勝寒」的山上；

——教他們最古老的冬天走路的技術：大雪封山了，寸步難行，先民不知經過多少年發明了將鞋底延長成兩塊翹頭的長板，利用牛頓所發現的斜面上的高處對低處的勢能，長鞋底平行時卽被地心引力牽著高速滑行，將長鞋底展成前三角或橫行以減速而停，就這般左拐右拐地在雪山上學會走路；——這可不是在水晶燈下學舞步那麼詩意，儘管看起來滑雪確實是一種姿勢十分優雅的舞蹈。滑雪之舞充滿險情，輕則傷筋折骨，重則一命嗚乎。即使成爲世界奧運會的滑雪選手，今年在法國舉行的冬季奧運會上一名選手在做熱身運動時就身亡了。任何一位學會滑雪的人，一定受過傷，只是輕重不同而已。

由此而油然生發出一則白色幽默：精明的城裏人千里迢迢送錢給山裏人，是爲了來挨凍、受累、傷筋、折骨甚至可能送命！

城裏人當然對這出錢賣自虐的幽默不以爲然。你看，從滑雪摔倒者的表情語破譯——人類是直立的動物，凡摔倒者都會有遺憾沮喪自卑的情緒，立即會環顧左右，擔心被他人看到而遭竊笑；然而，細觀滑雪者的摔倒不僅沒有一絲自卑沮喪，那肢體表情語卻在表達一種貴族化的自得。滑雪者的情謎。

四

凡人們此刻津津樂道的，一定是此刻內蘊的行爲目的的曲折顯影。

在旅館客廳的壁爐邊，在餐桌或酒吧櫃臺上，在臺球桌旁或游泳池中，我「竊聽」來滑雪者的津津樂道：

——「是的，我們全家每年來滑雪度假，連五歲的小保羅也能跟我們上綠道滑下來了。」說話者的邏輯重音放在「全家每年」上，內含著一個比較，這項中產階級收入才能支撐的滑雪度假，很多人不能來，尤其很多人不能全家來及不能每年全家來滑的自豪。

——「穿著鞋跑得最快的人是世界百米短跑冠軍劉易斯，每秒超過了十米。體驗這樣人體與大地直接接觸最快的相對速度的似乎全人類只有他一人；不，我今天在黑道上高速下滑每秒十五米！超過劉易斯！奧運會的滑雪者其速度和子彈火車TGV接近了，每小時三百二十公里，即每秒六十多米！這種向死神挑戰的高速滑行刺激體驗，在人生的其他地方是得不到的！剛開始那一刻像是做惡夢似的墜落，但馬上變成了一個我能駕馭的美夢。在這從惡夢到美夢的滑雪夢裏，所有現實中的煩惱都被驅逐乾淨，眞正的出世而去了。」這位滑雪者講述著非滑雪者無法感應到的超級體驗——滑的超人。

——「你發現沒有？滑雪回來的人，聊天時特別充滿溫良恭讓。這是因爲人性裏人人都有一種暴力因子，經過激烈的、冒險的、使體力大透支的滑雪，人性裏的暴力因子釋放掉了，滑跑了，剩下的全是人性的溫柔敦厚。」滑雪者不僅滑體，還在滑魂了，讓靈魂在滑動中淨化善化——滑佛。

——滑雪，不是休閒度假，也不是在健身房為鍛鍊某一部分肌肉所做的體育，它到底是什麼行為？我在坐著上山的纜車上對著白色的冬雲想，忽然想到現代繪畫的行為藝術那一幫人。法國的行為藝術畫家克萊因於一九六二年在尼斯城從二樓跳下來，探測人體在空中的藝術感覺，以此作為一個藝術品展示給觀眾。還有德國畫家波伊斯在一九六三年創作了一個作品：他在臉上貼一張金色的葉子，抱著一隻野兎，然後他不停地對野兎講述繪畫的事。這些古怪的行為藝術家宣稱要把自己的身體及行動當作藝術作品，以打破藝術與非藝術、藝術與生活、藝術家與作品、藝術家與觀眾的界限。我一直認為那些人胡鬧。現在看來，滑雪的行為，沒有任何現實功利，只是為了使我自己欣賞和讓別人欣賞，倒是名副其實的行為藝術。現代人正在想把自己的所有生活都盡可能藝術化。所謂藝術化，就是我你他都想有的生活，而我擁有而且表現出能使其他人所不能者，這就有了孤芳自賞或他人欣賞的「難能可貴」的欣賞機制在其中，就由生活轉換成藝術符號。這位有點學究味的滑雪者似乎眞正詮釋了滑雪的行為意義，是一種行為藝術：通過媒體頌揚，滑雪成了人人嚮往的時尚；我有錢來，很多人無錢來；我能得到比百米賽跑世界冠軍還快的體驗，不來或不會滑雪者都不能體味個中的超人滋味；我能從激烈、冒險的滑雪中淨化人性，此刻超然出世，不滑雪者難以領悟；我求靈與肉全面諧和配合在物理學的勢能上表演優美的舞姿；此刻我的社會地位、我的心智水準、我的冒險精神、我的形體語言、甚至是我的服飾儀容，集合在一起，成了一件阿爾卑斯山上的行爲藝術品……

哦，識破「白色幽默」裏的玄機：滑雪，是克萊因在尼斯跳樓似的行爲藝術！

於是，我反倒成了幽默對象：眼的滑雪而非體的滑雪的我，終究成不了正果，只能是行爲的非藝術品！

五

眼滑著阿爾卑斯山的雪的崔嵬，臉紅心慌，就像在鼎沸的迪斯可舞場裏獨自看眾人跳舞一樣相形見絀。這絀，不是說我不會什麼，人所不會的技能太多太多，唯有不會才能有所會；這絀是在造化面前宣布，把由造化花了三十多億年造出的最絕倫無比的藝術品——人，我這般的人，不敢讓其自身的行爲藝術化。從思維之花的製作到「食色性也」的本能，人的所有行爲都可以作爲一種行爲藝術，都應有企圖去行爲藝術化；我的在暖屋玻璃後的眼滑，正是甘願喪失這種企圖。不會不爲絀，放棄「企圖」才是大絀、劣絀。貴在「企圖」。呵，企圖！

我仍然給自己注射進了「企圖」，立即坐上了登山的吊纜。

雪花飛撲。吻面。冰冷的點彩派似的點吻。驚魂而不是銷魂的飛舞的凍唇之吻。

纜車在離地面十多公尺的高度上翱翔。我在樹梢上、房頂上、電線桿上飛，完全不同於在飛機上飛的感覺。這是鳥的高度。我是一隻怕人而又離不了人間的麻雀或喜鵲。這不是扶搖直上九萬里的鯤鵬逍遙扑翼，而又是時時驚魂且又充滿收穫美趣的穿梭。鳥的空間裏的奇異體驗。

過烏鴉嶺、越狼脊山、達尖峰頂。在鳥的高度上到達了琉璃之巔。我此刻雖還無能表演下滑加速度上的行爲藝術，但已終於萌生了「企圖」。這種企圖促我去尋覓。

我發現了「雪船」，比奧運會在雪溝裏高速滑行的雪船要小，但它也是有名分的滑雪器具。我租了雪船，背上坡去，坐進船艙，雙手控制著兩旁的阻擋小板，像魚鰭，控制方向及煞車。此刻的眼睛不再能「眼滑」，而是發揮視覺的極致，高度緊張地、超前地、快速地看清地形，作爲「雙手鰭」的行爲依據，然後完成快速平衡滑過各種時刻變化著的曲體上的行爲藝術，我失敗了——我完成了。在雪的大地的胴體上飛滑時出現了幻視：我看到了萬有引力中的地心引力，那是一群歡奔著的愛斯基摩人的雪橇前的花白的狗。有部獲奥斯卡金像獎的影片名爲《與狼共舞》，我正在與地心引力（不，是愛斯基摩狗）在同舞……

一九九二・三・於巴黎

送麒麟

中國，越來越時興把西洋的聖誕節、元旦節當作個大節來歡慶了。可我現在居住的巴黎，法國人絕不會把中國最隆重的春節當作一個節日。心理傾斜。「萬綠叢中一點紅」，是一種突現的孤立美；「萬冷叢中一點熱」的獨家歡，那倒是反差太大的難忍的孤寒了。也許人有著自動的補償機制，此時，我的潛意識打開了「大腦錄影機」的開關，播映起由童年時代攝製的過春節的「記憶錄影帶」來——

別夢依稀幾十年的江南。除夕。小橋流水人家像喝了烈性酒，亢奮得近乎歡狂。鞭炮、鑼鼓。掩不住我們孩子們的沒主題的喧鬧。忽然有了個極富凝聚力的主題：一只竹篾紮的用蠟光紙糊成的不知像什麼的動物造形吸引了所有好奇的童眼。

「這是什麼，金禿大王？」我問舅公家的長工金禿。他本叫金貴，因為生癩痢而頭禿了，大家叫他金禿。他極聰明能幹，不但是全村插秧冠軍，還是個多才多藝的民間藝術家—

—會講全本《水滸》、《西遊記》，會唱許多蘇南、蘇北的民間小調和地方戲，會用麥稈編出像眞的一樣可愛的小蝦小蛤蟆等等小精靈來，因此成了我們全村小孩最崇拜的偶像。在我們的心目中他就是齊天大聖，不知是誰隨意叫了他一聲大王，從此大家都尊稱他爲「金禿大王」了。

金禿大王指著自己的得意新傑作說：「這是麒麟。」

「麒麟是什麼？」

「麒麟就是麒麟。你看，獨角、鹿身，長有穿山甲的鱗片，還是紅紅綠綠帶彩的鱗，尾巴是牛尾巴——」

「麒麟能幹什麼活兒？像牛那麼會耕地？還是像豬那樣過年可吃肉？」

「瞎問，小心割舌頭！」金禿大王朝問話的女孩狠了一眼，繼續說：「麒麟像龍鳳一樣是神獸，專門給人間送吉祥的，誰見他誰就會得大福，想發財的就會發財，想得子的就會生個大白胖兒子。」

「那趕快回家去叫我爸來看，他做夢都揀了個大金元寶——」唇間掛了鼻涕的小男孩說。

另一個女孩搶話：「就想到你爸發財！要叫全村人看，全村得福！」

金禿大王摸了摸女孩的頭，流露出激賞的澄亮的眼光，說：「對，要大家得福，我們一起送麒麟到家家戶戶！」

像齊天大聖訓練花果山的猴子們一樣，金禿大王給我們進行了特殊的「送麒麟」操練：四位大個子男生扛麒麟，三位機靈小子學打鑼、鈸、鼓，其餘是嘍嘍，伴唱，背布袋子收家家戶戶賞給的糰子、包子。我本可以打鼓，但因爲我有個好嗓子，反倒讓我降格去伴唱！

送麒麟是春節慶儀中最特別的一種。舞龍，龍是主體，人不過是「龍」騰翻的「動力裝置」。元宵節燈會，各種燈是主角，人是燈的活載體。送麒麟突出的人，是金禿大王。鑼鼓先導，到一家門口先把主人敲出來。麒麟致意，當門而立。然後是主角（金禿大王）見什麼唱什麼，即興編詞演唱。

比如，到了一家雜貨店（俗名南貨店），正有人買鞭炮，金禿大王即景編詞唱了起來：

格昌昌，格昌昌，
南貨店裏好風光。
又賣蠟燭又賣香，
人家的鞭炮乒乒乓，
你家的鞭炮賽洋槍！

比如，到了一家看見一位老太婆，馬上就唱——

格朵朵，格朵朵，

擡頭朝見老太婆，

老太婆來福氣多，

龍鳳包頭包耳朵。（註：龍鳳卽老人的「龍鳳」帽。）

喜上眉梢堂前坐，

孝兒孝孫敬太婆。

眞要感謝金禿大王當時把我降格作爲伴唱，至今還能記得這些卽興唱的頌詞和歌譜。這些詞，不像春聯那樣的豪華頌詞，它來自泥土，來自心靈，因此樸實、眞摯，還有著土幽默。尤爲難能可貴的，卽興編詞還能押韻。從心靈裏流出來的，會流到他人心靈裏去。被麒麟詩人祝福的人家，都聽得開懷大笑，馬上回報給我們白白實實的糯米糰子或泡泡鬆鬆的白麵肉包。主人的眼光裏沒有施捨的輕蔑，恰恰相反，笑眼裏寓著可解讀到的欣賞和尊重之情。

金禿大王是一位天才的遊唱詩人。我們跟著他和他的麒麟，不是變相要飯的乞丐，而是有尊嚴地爲他人祝福，同時又得到被祝福者回報給的尊重的一群遊唱詩人！

我記得，分給我的幾袋子糰子泡在放有明礬的水中，可以吃到春暖花開的清明節。自己得來的吃得特別香，因爲母親在油煎糰子時總加上這層符號美：「這是大祖（我的小名，與大豬同音）送麒麟得回來的，糰子上裹了福氣，吃了有福！」

母親說「吃了有福」，是廣義的模糊的福。現在，我似乎看清了送麒麟時的我，由天靈蓋處冒出的「福氣」了，那就是金禿大王給我幼小的心靈裏送進了一個「文學麒麟」。從此，我走到每一個人生之門，都情不自禁地像金禿大王那樣卽與吟唱。他用喉，我用筆，或長歌，或短嘆，或對他人傾訴，或對自己嘲諷，譜成了我幾十年的複調結構的文學生涯。金禿大王是第一位把我領進文學的太虛幻境的人；至今還迷戀於此。最大的洪福，就是一生能幹自己最喜歡幹的事。我有洪福，謝麒麟，謝大王……

壓扁了的胡思

——巴黎地下鐵裏的諧謔曲

巴黎的三百多公里的地下鐵（Metro），每年十幾億人次在遁地穿行都把它當作世界一流的城市交通，似乎唯獨他，卻在那裏生產被他稱爲「壓扁了的胡思」。

「在巴黎的地面上，我總迷路。智力殘廢！」他自我諧謔。「巴黎的街道不像北京、紐約的『井』字形街那樣好認，法國佬有複雜癖和曲線癖。巴黎的街由許許多多星形廣場、放射出許許多多光芒似的路，是星星加光芒的組合——像什麼呢？如果從飛機上往下看，像是繁複得令人暈眩的孔雀開屏；許許多多翎眼放射出萬千根彩羽組合成讓人迷失的脈絡。美的迷失。美的焦慮。美所造成的智殘。但是，我只要鑽進地鐵，豁然心明眼亮，智商一百五十！不管到那裏，不僅新馬識途，而且能找到最短行程的捷徑。我忽然驚悟：我在演變成地下活動型動物鼴鼠了！超級的六十公斤的原產地中國的鼴鼠！鼴鼠在寂靜的地下耳朵退化了；我呢，聽不懂法語，在喧鬧的地鐵裏充耳不聞，耳朵成了多餘的贅物——哦，我的『變鼠記』從耳朵開始的。有人詼諧地說，可從兩類法國人那裏聽到修辭考究、語法完美、音調優雅的高級法語：一是求選票的法國總統們，一是討鈔票的地鐵裏的乞丐們。可是，我這鼴鼠耳沒福享受正在車箱中部演講的最優美的法語了。唉唉！」

「在巴黎地下穿行，我發現，這是馱著最沉重的美在行走。我正馱著世上最大的拱形門——高五十米的顯示拿破崙一世『軍隊光榮』的凱旋門。我還馱著協和廣場上的碑身上刻著一千六百個神祕的古埃及文字的高二十三米的古埃及尖頂方碑。我正馱著藏有維納斯、蒙娜麗莎、勝利女神等四十多萬件藝術珍品的藝都之魂羅浮宮。我正馱著高三百二十米重七千噸的被稱『巴黎的眼睛』的艾菲爾鐵塔。我正馱著埋有《茶花女》的芳魂、聳立著聖心大教堂的高潔、以及湧動著紅磨坊裏群芳濃豔的蒙瑪特爾高地。我正馱著……但是，使我感到特別沉重的美是兩本書——即獲諾貝爾文學獎的存在主義作家卡繆所寫的《局外人》（又譯《異鄉人》）和《西西弗斯神話》。可能是卡繆一語道破了我的存在的天機：一隻永遠是局外的鼴鼠；像西西弗斯一樣，因爲對塵世的愛，被罰每天推一塊巨石上山，到了山頂，巨石又滾了下來，再去把它推上山去，再次滾了下來，循環無窮。唉唉！」

儘管哲人們一再佈道，痛苦能使人深刻；可他寧願淺薄，要把人生的「唉唉」變成「哈哈」。但他聲明不是「哈哈族」，而是「諧謔族」。為什麼？沒詮釋。

「哈哈，我的耳朵鼴鼠化了，可我的視力還沒變成鼠目寸光。看它個透，加倍補償。」

「朝車外看，看到法國人卽使在暗無天日的地底下也不能虧待了貪婪美的眼睛。大會享眼福了。最早發明打洞走火車的是英國佬。法國佬晚了三十七年，卽在一九〇〇年才在巴黎使用第一條地鐵（今天的一號線）。現在在歐洲約有近三十座城市有了地鐵。我坐過倫敦的、維也納的、羅馬的、布魯塞爾的、柏林的、布達佩斯的地鐵，全沒有巴黎的地鐵那麼養眼動心。巴黎的地鐵站都當作藝術共享空間來經營，挖空心思要讓人秀色可餐。「St-Michel 站長長過道的牆上是屬拜占庭藝術的碎瓷鑲嵌壁畫。Les Halles 的地下大廳裏立著金色的前衞派人體雕塑，還有那詮釋著生命玄學的鍍金浮雕。Lauvre 站陳列著古埃及古巴比倫古亞述的雕塑複製品。ConCord站的穹頂上全是有字母的白瓷磚拼成，橫讀、豎讀可以讀到全體國會議員的名字。卽使十二線南面的一個小站 Vaugerard，站臺上沒有特別藝術裝飾，但在票房附近，掛有一塊黑板，每天都有讓人開懷或讓人省悟的幽默及格言，例如：「矮子的最大優越性是下雨時最後才淋到他」；「床的定義：是一人用很放鬆、兩個人用極累的家具」；「作曲家白遼士發現：時間是偉大的老師，可是很不幸，這位老師殺死了所有的學生」。總而言之，法國人的眼睛是人類中最奢侈的眼睛，凡看到的都得是藝術的，就連大街人行道上的投兩法郎硬幣尿一次的廁所，也是造型極富曲線美的藝術品！德國老牌哲學家康德證明美是非功用的，換句話說，凡實用的就不是美的。法國人不信邪，偏把實用的弄成最美的，從廁所到幾十萬法郎一件的時裝。哈，我從法國人的嗜美之癖的眼底看到了他們的十七世紀祖先的幽靈，就是那個設計『二元人模式』的笛卡兒。

「人有兩個實體構成。一個是自由的精神實體，讓它充分自由去表現，在表現中獲得大享受，例如用精神去表現地鐵站、廁所、時裝等等。人的另一實體是服從生物的、力學的因果律的肉體，這是上帝給人獲得享受的機會，任何機會都不要隨意打發，要按因果律好好侍候各感官，譬如用精神創造的美的地鐵站去侍候眼睛，藝術化的廁所去侍候排洩器官，時裝去侍候視覺和膚覺等等。二元的人享受著兩份的愉悅！法國人活一輩子眞合算，起碼等於德國人的兩輩子！

「好了，再朝車廂裏面看看吧。哈，又誘發出了一個更玄妙的胡思。巴黎地鐵裏的眼睛，是人類各色人種的眼睛大展覽：非洲的黑眼珠、亞洲的褐眼珠、南美的紫眼珠、北歐的藍眼珠……法國人的眼珠更是多彩得令人驚愕：靠近地中海的，眼珠近黑；靠近德國的，眼珠呈藍；從南到北是黑、棕、褐、灰藍、藍的豐富色帶。

「爲什麼人類的瞳仁會有這麼多色？當然不是小說裏所描寫的什麼灰藍瞳仁裏藏著詭

祕、棕色裏透著平和、深藍裏有著冷愛等等，而是太陽光對各個緯度上的人眼的塑造。陽光直射而強烈處的彩虹（卽眼珠）呈黑，是爲了減弱視網膜感光靈敏度；陽光偏斜的北歐，要加強感光靈敏度，其虹彩要淡，因而像在暗光下作業的貓眼一般藍。自從達爾文發現物競天擇的原理後，人類破譯了人體和大自然諧和匹配的奧祕。黑人的黑，白人的白，赤道地方人的鼻孔短而大，北極圈裏的人鼻孔長而小，都與大自然中的紫外線量及氣溫寒熱相諧。確實『天人合一』，難怪古老的中國道家哲學又在二十世紀復興走紅。

「然而，天人不也有不和合之處嗎？譬如，人類的體溫，不論是生活在常年赤日炎炎的熱帶還是生活在永遠天寒地凍的凍土帶的人，都是同樣的攝氏三十七度。如果熱帶人的體溫是四十度，寒帶人的體溫是三十度，那不是可以減少人的多少熱煎冷凍的痛苦了嗎!?既然熱、寒帶人的膚色、個頭、毛髮、器官尺寸等等都能因地而異，爲什麼體溫的值要在人類中刻板劃一？爲什麼人在這一點上不合天而自討苦吃？動物界有隨環境溫度變異自身體溫的很多先例，譬如刺蝟，常溫是攝氏三十三度到攝氏三十七度，當天冷時，牠會將自己的體溫降到比環境溫度高一度的水平而冬眠。爲什麼萬物之靈的尋求最大最多生命快感的人，卻高一度就發燒、低一度就發抖呢？

「——哈，我在巴黎地鐵裏，竟然提出了一個人類的體溫之謎！我瞎猜：也許是人類的生理系統要進行人所必須的活動，攝氏三十七度是這個恒溫系統的最佳值；然後，才根據各地的環境溫度配置不同粗細的肝腺、不同尺寸的鼻孔、嘴巴等等（熱帶人汗腺發達得有狐臭，嘴也大，鼻孔也大而短）。攝氏三十七度是人的系統的宿命，命中註定人要爲這受煎熬！——哈，我在巴黎地鐵裏破除了如詩的『天人合一』的神話，爲了系統上的『天人』匹配，人卻要爲這宿命付出痛苦的代價。人活得不易！」

呵呵，妙哉巴黎的地鐵加上妙哉的他這個超級鼴鼠，竟在封閉重壓的地下，榨出那麼多顯示出人的精神活性因子的胡思來，而且，它還是貝多芬最早在交響樂、奏鳴曲、弦樂四重奏等套曲中以取代宮廷風格的《小步舞曲》作爲第三樂章的歡快的三拍子的《諧謔曲》。「唉」變奏爲「哈」，並非一定不深刻。「哈」的深刻可能在於能製造胡思的活性酶，而「胡思常常通向智慧之門」（伏爾泰語）。

巴黎之問・塗鴉與書法

一

古有一說，屈原遭放逐之後，悲憤鬱結，看到神廟壁畫，遂就其所畫內容設問，問了一百七十多個問題，包括自然、神話、歷史，書於壁，成了〈天問〉篇。我面對巴黎的塗鴉——在地下鐵車廂、車站及有些街巷之壁上的用各種顏色書寫的字母之景觀，發出了比屈原輕鬆得多的「書問」。

爲什麼要塗鴉？塗鴉者沒有任何名利之收，倒是有不小的付出：要自掏腰包買不便宜的數量很大的各色顏料及各種畫筆工具；要花時間，爲不被人干涉，得在深夜無人之時在車廂內外塗寫；要花大力氣，例如很高的牆壁上、很險的燈架上、很高的橋體上，都有這些塗鴉者的大作；要遭人嫌惡反對，雖不犯法吃官司，但地下鐵公司人員會極力阻止，因爲地下鐵公司每年要花巨款洗刷這些沒有任何含義的亂塗。

是的，爲什麼塗鴉者只是表達字母的隨意組合？既不是有語義的詞，也不是具象或抽象畫，他們到底想表現什麼？

塗鴉不是巴黎所專有，凡用字母作爲文字基礎（卽用表音文字）的地方都有這種字母塗鴉。紐約可能是塗鴉之聖。爲什麼中國沒有這類性質的塗鴉？中國的塗鴉大凡是在旅遊地「某某何年何月到此一遊」，或廁所裏的黃色畫配黃色順口溜，或「某某是王八蛋」之類的孩子間互罵的髒話等，塗得都是有語義的。

在這些打趣的小問題上忽然滋生出一個有點學術味的問題：爲什麼只有中國文字形成書法藝術而世界上其他種種文字全沒有將文字弄成藝術？

像屈原的〈天問〉一樣沒有答案，問問而已。巴黎之妙，總讓你長不大，永遠是有著十足新鮮感的男孩或女孩，對著她總有著提不完的問題。李後主的詞變成：「問君能有幾多問？恰似一江塞納向西流！」我住過許多城市，很多城市是不會誘發你提問的城市。一座城，還是一個人，能強烈地誘人發問，有問可問，才是大魅力的所在。

二

去了一趟象徵「國家的心臟」的協和廣場。

法國的女人似水，男人似水，連國家廣場也是那麼水靈、水秀。在法國，找不到粗獷豪放的雄偉，即使是有雄偉之體的凱旋門、艾菲爾鐵塔，也一定因爲精緻的藝術化而弄成靈秀的婉約的雄偉。

在這兒舉行國家慶典的圓形廣場，圓周圍有八座靈秀的女體雕像象徵法國八大城市。兩個由希托弗(Hittorf)雕塑的兩群神話人物噴水的水池，那是縹緲空靈的美。只有廣場正中心的高二十三米重二百二十噸的尖頂方碑才有一種陽剛的雄偉。但，這個由整塊大石頭鑿成的稀世巨碑不是法國人造的，而是一八二九年埃及總督梅埃愛・阿里送給法王查理十世的禮物。在尖頂方碑之前，這廣場中心是路易十五國王的騎馬雕像。法國大革命時期，將這座雕像推倒了。取而代之的是一座充溢著崇高的恐怖的斷頭臺，路易十六國王及王后瑪麗・安托瓦奈特，革命家丹東、羅蘭夫人、羅帕斯庇爾等一千三百四十三人在這兒首體分離。——哦，我今天到這兒來似乎是來約會斷頭的羅蘭夫人的，因爲這位吉倫特派的核心人物在脖子伸在高懸的閘刀下時吶喊過一聲警句：「自由，在你的名義下犯下多少罪行！」自由也是一把雙刃劍。

像刺天長劍的尖頂方碑。碑上的三千四百多年前的古埃及象形文字跳進我的瞳孔。像臺球一般，這古文字把我貯存於心底的「書問」又撞了出來：爲什麼只有中國文字形成書法藝術？

三

在記載著古埃及國王拉姆塞（Ramse's）二世功績的尖頂方碑前，想到以古文化驕傲的中國人杜撰出來的關於西洋文字起源的故事：「黃帝的史官倉頡，造出了莊諧的方塊漢字。到了孔子時代，洋人還沒發明文字。有個洋人越洋來中國向孔子請教寫字。孔子正騎驢趕路，無心教洋人。但洋人緊跟著驢後不捨。這時驢正拉尿，一面走一面拉，摔來摔去的驢尿在地上留下彎彎曲曲的尿痕，孔子靈機一動對洋人說：『我的驢在教你們寫字呢，你把這地上的筆畫描了回去就行了。』這洋人果然以驢尿印痕爲樣板，造出了abcd等曲曲彎彎的西洋字來！」這當然是個荒唐的不雅的笑話。其實全人類的文字都是始於象形文字：古埃及文、古印度文、兩河流域的蘇美爾文（楔形文字）以及中國的甲骨文等，都是不約而同地從象形開始，叫做表形文字。之後，各自的發展道路就不一樣了。其他的文字，從表形走向表意，然後表音，最後抽象出幾十個表音字母，萬千語詞都由這幾十個字母組合而成，像音樂的十二平均律，所有音樂語匯及樂章，都是由十二個音組合而成。

中國文字不同，從表形走向表意後就不再走向表音，而在表意上發展出了一套與表音文字功能等價的體系來。有得必有所失，也許現在世界上大多數文字是表音文字，使用最爲便利而節約精神能量，但就得不到中國文字的書法藝術了。

四

用表音文字的人不是不想把文字變成書法藝術。巴黎和紐約的塗鴉者們，顯然，他們不想表情表意，就是想把表音字母寫出自己的風格來。遠在他們之前，即六世紀，東地中海的一批基督教宗教學者沿著大西洋北移到了蘇格蘭、愛爾蘭，他們在修道院裏抄福音書，極力把字母裝飾得很華麗，把字母寫得大小不同，還著上不同的顏色，字母的筆畫也有所變形，抄寫者是極力想把字母變成書法藝術的。還有在公元八世紀末至九世紀初的西歐查理曼大帝所創立的「加洛林文化」時期，查理曼大帝讓傑出的學者和圖書館學家艾爾肯，搜集許多拉丁文和希臘文手稿，派專人傳抄，使凡流傳到八世紀的古典作家的作品能流傳至今。查理曼是西歐蠻族國王，打敗了文明的羅馬教皇，他不但沒有毀滅文化，還創造了繁榮的「加洛林文化」，是歷史稀有現象。史家稱這些抄寫員不知傳抄內容，但很講究書體，他們用了「最優美也最實用的字體，致使文藝復興時代的那些人文學者要將不好看的哥德文作品重新抄傳時，選用了加洛林王朝手抄本的美麗字體」。這就是說，查理曼大帝時代的抄寫員也是想把文字藝術化，即變成書法藝術的。

然而，西方的表音文字始終沒有變成書法藝術。

五

這就更加強了這個「書問」：爲什麼中國文字變成了絕無僅有的書法藝術？

當今巴黎的塗鴉者及加格林王朝的抄寫員，他們要藝術化的全是表音字母，遠離了表象，也沒有任何語義。

可是，中國的書者書寫的中國字，離表象很近。「日」與「⊙」很近，月與「☽」極似，即使是車，也還是象形字「[illegible]」的一個車輪子。凡寫「木」與「木」部首的字，書寫者腦子裏首先有樹木的意象，落筆時就會追求「木」的象或「木」的韻。有人說，讀中國小說，翻開一頁，未讀情節就知這頁的氛圍，因為情感濃烈之頁必然豎心旁（忄）的字出現頻率很高，讓人一眼就心悸。中國字中有大量的形聲字，一半表形，一半表音，「銅」字，左邊是表形，右邊是表聲。儘管這個「金」旁與金屬的形不沾邊了，但在寫漢字人的心裏，這是約定俗成的代表金屬的符號，寫此字時在潛意識裏就會表現堅硬、連貫的延展性等意象。因為漢族人在哲學上重了悟不重形式論證，在藝術上重意合不重形合，所以漢字以象形表意為首要造字原則，漢字內含大量形象信息。此外，據心理學研究，認讀拼音文字，須通過語音分析才達意，而認讀方塊漢字可從直接圖象獲取信息。總而言之，中國字緊密聯繫著形象，字中有畫，所以一直稱「書畫同源」。既然，書中畫意極濃，當然有條件將中國字變成藝術了。

這種書裏含像，古人又進一步生成轉換。例如，將構成中國字的基本筆劃也賦予形象，擬象化，例如王羲之之師——東晉女書法家衞夫人在《筆陣圖》中提出有關筆畫的意象：橫（一）如千里陣雲，點（丶）如高峰墜石，撇（丿）如利劍斷犀角，勾（乚）如百鈞弩發，豎（丨）如萬歲枯籐，捺（㇏）如崩雷浪奔，轉（𠃌）如勁弩筋節。這樣，每寫一筆都有了形象。後來又轉換生成為「氣韻生動」。例如唐代草書大家張旭，傳說他常常酒後邊奔邊叫，然後揮筆成書，得其筆走龍蛇的氣韻，人稱「張顛」。繼者懷素和尚，生性好酒，醉後乘興揮筆，飛動圓轉如旋風驟雨的氣韻。這二人，史稱「顛張醉素」。寫個「虎」字，不是要畫虎，而是要把虎虎生氣傳達出來。這「氣韻」就是藝術之魂——即黑格爾說的形而上的理念了。由中國字內含的極爲豐富的形象，轉換成筆畫的「符號化形象」，再轉換成筆畫裏蘊藉的形而上「氣韻」，這就具備了「理念的感性顯現」（黑格爾語）的藝術化的全部必要而充分條件了。順理成章，中國文字變成了書法藝術。任何其他表音文字，不具備中國字得天獨厚之處，不管巴黎塗鴉者或加洛林王朝抄書人怎樣的苦心孤詣，無象的不能轉換生象及生氣韻的字母，怎麼也成不了書法藝術。

當然，中國人發明了毛筆作爲書寫工具，也是文字藝術化的一個充分條件。中國人用五指執毛筆，能輕能重，能提能按，能粗能細，能斷能續，能疾能緩，提供了表現的很大空間。毛筆的特殊構造，其尖、肚、根都有極大的表現力：筆鋒可分中、側、逆、臥、拖、搿、顫多種；筆勢有偏、側、直、正；筆畫有方、圓、波、折、點、豎；結構有開合、向背、俯仰、疏密。這麼大的表現力當然就能隨意表達書者的移情寓意了：喜時字迹舒潤，怒時字體奇險，哀時字斂鬱結，樂時字放妍麗。其他文字的書寫工具（鵝毛筆、鉛筆、鋼筆、圓珠筆）都是一個硬尖小點，其表現力就無法與中國毛筆相比了。

有人說，中國人重視書法與書法一開始就成爲中國帝王記功的工具有關。西方帝王常造紀念性建築，以使自己的武功文德流芳百世，如羅馬的塞蒂米奧・塞韋羅凱旋門和君士坦丁凱旋門，巴黎的凱旋門等都是。中國的秦始皇沒建凱旋門，而是讓宰相李斯用秦篆書體在秦始皇所遊的鄒峰山上刻石記功。因此書法從此受到王權的推動，就有條件成爲專門藝術了。不，這有穿鑿之嫌。你看巴黎協和廣場上的古埃及尖頂方碑，不也是埃及國王的刻石記功碑嗎？一千六百個古埃及文字分明記的是比秦始皇還早一千多年的埃及國王 Ramse's 二世的功績，可是埃及文字並沒有形成書法藝術。

六

呵，巴黎，面對著塗鴉都能寫出這麼一大篇神遊古今的「書問」來！眞的，一座城，一個人，強烈地誘人發問，乃是大魅力所在。

多角色透視的妙覺

——遊子爵谷古堡

他遊罷位於巴黎東南五十公里處的 Melun 市附近的子爵谷城堡慢慢回省，有一種從未體驗過的妙覺：「當年，唐朝畫聖吳道子遊罷巴山蜀水回到京都長安，唐玄宗皇帝命他在皇宮大同殿作大幅壁畫，吳道子揮毫潑墨，一天之內，當其下手風雨怯，筆所未到氣已吞（蘇東坡贊吳道子語），便在一壁之上畫下三百里嘉陵江的旖旎風光，用的是中國畫家獨創的多點透視。呵，多點透視納百里於一丈。我今天遊路易十四王朝的財政大臣尼古拉・富凱的占地六千公頃的私家花園城堡，覺得不是一個我在看，我被分解爲好幾個角色在一起觀賞，得到了一種從未有過的多角色的合成妙覺！」

他在古堡前的一片林地裏野餐，吃著小牛肉，想到牛。牛是反芻動物，把白天吃進去的草在晚間吐出來再次咀嚼品味。一道食物受用兩次味覺美妙。他在吃小牛肉時，也反芻起古堡的遊覽記憶來。

在那一片由矮矮的禾苗之綠結構成的田野上，兀然聳起一大團高高的喬木之綠，他想，哦！子爵谷古堡到了。這鐵柵欄門極爲平常。柵欄尖沒塗金黃色，標誌這不是皇家花園宅邸。金黃，不管是哪種文化，不約而同是帝王的專利色。人類又一共感。可是這大門口過於簡陋了，而且過於敞開了。《紅樓夢》中的大觀園，正門有五間房擋住園內景物。雖不故求大石獅護衞著的朱紅獸頭大門，但還是有瓦筒泥鰍脊、雕著時新花飾的窗格門欄，磚牆下有白色臺階，牆基還是自成紋理的虎皮石砌的。大觀園是爲元妃省親的別墅，而財政部長富凱這宅建成後還專接了一次駕——請路易十四國王及皇族來觀賞過，爲什麼大門簡陋而且門側的一排平房是更簡陋的馬房？

他，從此刻開始，自我就分解爲設計富凱這個城堡園林的設計師勒·諾特爾以及設計《紅樓夢》裏大觀園的設計師胡公（字山子野），爭執不休。

他跨過護城河上的吊橋，走進城堡前的前花園。一覽無遺。幾株雕琢成綠錐體的松樹，還有由黃楊、冬青及各色花株構成的呈複雜幾何形狀的花圃。

由他的自我分解成的胡公直搖頭。

可是由他的自我分解成的勒·諾特爾卻滔滔不絕地誇讚自己的構思：「法國式私家花園

一般分爲前花園和後花園兩部分。前花園是讓路人觀賞的『公享空間』，所以大門是柵欄門，無大樹及其他建築檔遮。前花園是爲了烘托這有著精緻藝術美的巴洛克式建築的前立面。後花園是才園林的主體，因爲這是供宅主及親友的『私享空間』。從這裏可以看到法蘭西人所確定的關於公享空間和私享空間的藝術比例。」

胡公不以爲然：「我不懂你那個公享、私享空間，不管什麼空間，都得讓人步移景異，漸入佳境。哪有未進門就看透幾十丈？進得大觀園門，馬上就有翠嶂遮目，不然園中之景悉入目中，則有何趣?!」

「怎麼會無趣呢?這不是像交響樂頭幾個樂句用最豐滿的和聲呈現主題嗎?你那種漸入佳境，不過是單旋律的音樂。難怪中國音樂沒有和聲、對位、複調，多麼單薄!哪會有深厚、凝重的藝術狂飆?讓我們穿過城堡的右側門，站在高高的城堡後吊橋上，去看後花園，你一定會感受到這是貝多芬第九交響樂的最後的輝煌的合唱——《歡樂頌》。園林也是凝固的音樂。我凝固了貝多芬的由美的密集諧構的輝煌!」

他沒先進古堡，眞的穿過右側門在古堡後吊橋上極目觀賞了後花園。哇!果然是藝術的狂飈、美的交響、凝固的輝煌!向前展開而去的曲線大地似人體，是睡著的維納斯的柔美人體。對稱的花圃裏呈現著非對稱的以虹彩畫出的立體幾何圖案，磁吸著眼光去再畫一次這些理性的圖案。先是長方形水池，游弋著天鵝；再是兩個橢圓形水池，中間臥著美人雕塑；又是一條橫貫的河流，清波可蕩漾游舟。水是嵌鑲在大花園裏的理性雕琢的明珠。花圃裏的樹，都被刻削爲綠色的圓錐、方錐、綠球等等綠色幾何體，與銀色的也呈動態幾何體的噴泉互相輝映，還有點綴其間的與古希臘、古羅馬風格相仿的人體及動物雕塑，這三種理性美的集合，占領著花圃上的第二層空間。再上一層是花園兩側的巨大野栗樹所築的整齊綠壁。然後與碧澄的天穹和幾何體的浮雲相接。啊，從維納斯裸體般的大地，到似乎也是刻意構築的穹狀天空，其間精心布局著密集的理性美。但，雖密集而又不覺是有限的封閉空間：花園最前方是漸漸升高的開闊的綠茵草地，看不到盡頭，有「唯見綠江天際流」之感；無源無尾的橫貫的河流和隱約可見的綠壁外的不盡森林，都讓人感到這濃縮的美空間正似宇宙一般大膨脹著。在這裏，能聽到文藝復興時期義大利雕刻家、建築家、哲學家阿爾貝蒂的聲音：「我希望藝術家首先精通幾何學！」在這裏，能夠感悟到文藝復興的藝術價值觀：藝術不再爲了按上帝的意志去「訓導人」，而是爲了「愉悅人」和「豐富人」，人是目的，人是最神聖之物，人體是自然中最美的、有著神聖比例的和諧之體（達・芬奇語）。在這裏，人的理性成爲宇宙中最高的主宰。在這裏，充分領略了法國花園所刻意追求的「整體打擊效應」，讓你在一瞬間就將全園萬千氣象盡收眼底，似迎面奔突來美的千軍萬馬，剎那衝進你狹窄的眼瞳，要你在美中昏眩暈厥！

「我豈能容忍曲徑通幽，漸入佳境！」由他分解成的勒・諾特爾譏刺胡公。

「你這種人爲雕琢不過是雕蟲下品，」胡公不服，言詞也趨尖刻：「莊子曰：『天地有大美而不言。』自然無爲就是美，大巧若拙，大樸不雕。造園的最高意境乃是天人合一。我的大觀園，無論是怡紅快綠的怡紅院，綠竹千竿的瀟湘館，還是杏帘在望的稻香村，都是讓不言的大美天地與有情返歸天地的人交融一片。順天然之理，得天然之趣，不露人工鑿痕，才是上品。再放置匾額楹聯，移進詩情畫意，景、詩、書合璧就成了逸品了。看你這偌大花園，竟無一塊匾額！不可思議！」

「你的偌大的大觀園竟無一尊名家的雕塑，不可思議！」

「你太理性主義！沒有『傲然意自足』的雅趣！」

「你太自然主義！沒有從原始文明中脫胎！」

勒・諾特爾和胡公唇槍舌劍鬥得天昏地黑，使他渾沌蒼莽。他本想出來調解，勸兩個分解的自我中庸平和，互補爲上。可他立即消解了這個念頭，還慫恿兩位造園大師鬥下去：「鬥吧！唯有這般爭鬥，才會鬥出東西方兩種風格迥異的園林來；倘若你倆志同道合，那蘇州的拙政園和子爵谷城堡不就是一模鑄成了嗎？妙妙妙，藝術流派之鬥，甚至推而廣之囊括人文科學之爭，旁觀者看來他們爭得可笑，誰也勝不了誰，但卻會出現奇蹟：所鬥各方全是贏家，沒有輸家！所謂中西合璧倒是大可懷疑的，因爲合璧者合二爲一也。除非中西雜交，馬和驢之外還能生出過第三種騾子來。總而言之，孔子在倫理哲學中發現和爲貴，我在藝術哲學中發現鬥爲貴。——哦，鬥累了，去城堡裏看看吧！」

他在這十七世紀的巴洛克風格的大城堡裏參觀時，他覺得他的自我忽然又裂變爲堡主富凱和寫有十二卷（二三九首）寓言詩名垂世界文學史的拉封丹。

「唉，我至今還不明白，路易十四國王爲什麼要突然以莫須有的罪名來逮捕我，讓我寃死獄中，」這位子爵谷城堡的堡主怨嘆出歷時三百一十多年的疑問，「我當財政總監，扭轉了國庫虛空的危機，深受國王的激賞。我著迷於園林藝術又愛結交藝術名流，所以傾全部家產，耗時六年多（一五五六－一五六一）修建這座法蘭西名園，以供社會賢達和藝術名流作爲沙龍，作爲休閒之處。一五六一年八月十七日，即花園城堡剛落成不久，我特請國王及王族前來，我爲國王舉行盛大遊宴，以表示我對國王陛下最高的敬意。可是半個月之後，也就是九月五日，天降橫禍，我就被捕了！法官根據國王說的所謂『貪污罪』判我放逐的重刑，國王還嫌判得輕，改判爲終身監禁，讓我坐穿牢底被活活折磨死！這到底是因爲什麼?!這名垂法蘭西園林史的花園城堡竟成了一個把我從顯赫重臣頃刻變爲階下囚的魔鬼！這是一樁因大美而獲大禍的千古之謎！」

「被世頌爲『太陽王』的路易十四國王爲什麼做出如此不光明的事來？」慣以寓言詩針貶時弊的拉封丹也是疑竇未開。「我深知我的朋友富凱爲政清廉；我更深知喜好大手筆用錢的路易十四國王，缺不了這位能爲他開源節流的財政總監富凱；再說，國王這樣隨意處置重臣，對國王的名譽也極有害；因此，我多次寫信給國王，說明種種理由，請求國王赦免富凱。可是全然無用。爲什麼？難道這答案就是我寫的寓言詩〈狼和小羊〉？小羊在河邊飲水，一隻餓狼到小羊身邊說：『你去年說我的壞話，我要吃你！』小羊申辯：『去年我還沒出生呢！』狼又說：『那一定是你的哥哥！』小羊又辯：『我沒有哥哥！』狼更狠了：『反正是和你一夥的，譬如獵人和狗，我要報復！』狼就把小羊吃了。弱者永遠是沒有理的。我的朋友富凱莫非就是河邊的小羊？」

他，走出城堡，偶聞一位和他同遊的建築師告訴他，凡爾賽王宮花園的設計師和這子爵谷城堡花園的設計師是同一個人，卽勒・諾特爾。他心中豁然一亮問：「諾特爾先設計哪一個？是凡爾賽還是這兒？」建築師朋友答：「當然先設計這兒。這兒是一五六一年竣工，凡爾賽宮是一五六一年才設計。路易十四把建造這座花園的全班人馬弄過去造凡爾賽宮了。」

他頓開茅塞，大喊：「我解開路易十四降罪富凱之謎了！富凱犯的『先字大罪！』。」

「什麼叫『先』字罪?」建築師朋友如墜五里霧中。

「儘管這兒的子爵谷城堡遠不如凡爾賽宮，但是享有這類園林美，富凱先於路易十四!先，就是對上者的褻瀆。褻瀆，是最不可饒恕的犯上。因此路易十四寧願失去最需要的重臣，寧願冒名聲有損的風險，要治這『先』字罪!設想一下，如果凡爾賽宮在先，子爵谷城堡在後，富凱請路易十四來遊園，並說『我是按國王的聖趣仿造的』，富凱不但不會獲罪反而會倍受寵幸了。『先』字罪是至高無上的王權時代的不可言傳之罪。」他爲這發現而興高采烈，但馬上喜跌深淵:「人類都喜歡先，先睹爲快，捷足先登，先創爲傑，但人人都不喜歡他人爲先。在人性的法典上早就定下了『先』字罪!自古至今，也許直至永遠，爲先者總擔著進『先字獄』的風險!」

呵，又一個多角色合成妙覺!

他，再次回味這妙覺時，忽然打了一陣寒顫:「如果是一位原始人來看或孩子來看，只是他用自己的眼睛在看;而我，所謂的文明人，卻在用許多歷史幽靈(勒·諾特爾、曹雪芹、拉封丹、尼古拉·富凱等)的眼睛在看，是一種人鬼共看，越文明，身上的鬼眼就越多……」

思上之思

——八題

雲中緣綺

諺語：熱戀中的男女，此刻最聰明也最愚蠢。由於愛的激越，「情人眼裏出西施」，經常塑造出一個所鍾愛的「心靈的幻影」來，因此，此時對於熱戀對象的人品判斷常常錯謬，顯得智商太低。同時，由於愛的亢奮，此時從事創造活動所表現出來的智商特高，所愛的人像引起核爆炸的中子，轟開正在熱戀而又正在創造的男女的「智慧核」，裂變出驚世的智能來。你看貝多芬，那個心目中的「不朽的愛人」，激勵他創造出多麼偉大的作品啊！

熱戀狀態，就是心理學家馬斯洛說的「高峰體驗」的一種。按他的說法，高峰體驗是人在自我實現中所產生的最激盪的精神狀態，是人的存在的最高最和諧的狀態，如癡如醉，銷魂攝魄，此時，那掩遮知性的帷幕會突然拉開，一把解開世界難題的金鑰匙，一部美妙交響樂的主題，信手可得。他還說，高峰體驗在這樣的時刻光顧：來自苦苦的求愛被允准，來自高度的創造激情，來自對自然美、藝術美最強烈的感受等等。

然而，馬斯洛沒有解釋爲什麼高峰體驗能使智慧之花驟然怒放。他不知所以然。其實，這是一種特別強烈的非理性狀態。高度的激情，擺脫了邏輯的控制，使儲存在大腦裏的信息，像高溫下的水，擺脫液體的結構控制一樣，變成了自由氣體分子，高速自由碰撞。倘若這位處在高峰體驗的人早有個困惑未解的難題存於腦中，自由信息的隨機碰撞，一旦超常組合出一個答案來，這個答案就會被捉住而脫穎顯出——這就是人們常說的「靈感」所至，或是宗教界所稱的玄妙的「大徹大悟」。

既然高峰體驗對人的認知有那麼大的催化作用，爲什麼不讓它經常光顧呢？馬斯洛的回答令人掃興。他認爲人的意志不能強迫、控制或支配高峰體驗。因此他主張採取中國道家的態度，順其自然，由高峰體驗在清淨無爲中自然萌生。

噢，他太古典而消極了。在現代，創造的思維機制已被當作研究對象而創立了創造學，也許不必守株待兎（靈感）了。雖然不能呼之卽來，我想，難道不能根據高峰體驗發生的條件而去刻意營造誘它而至的氛圍嗎？

既然熱戀狀態是高峰體驗頻頻光臨的時刻，爲什麼不在花前月下迷醉之前或之後，刻意去攻克難題、刻意去創作前無古人的藝術呢？人的大腦記憶功能，不是通常所理解的僅是信息的儲存倉庫，它還有錄像機功能，能錄也能放。如果在進入創作狀態之前，「大腦錄像機」複映你所熱戀著的人的音容笑貌和他（她）對你的熱切期待著的自我實現目標，那他（她）就有可能成爲轟開你的「智慧核」的「中子」，釋放出產生靈感的特別智能來。我曾在一部小說中站在男人的角度說過：女人的價值不僅在於她自己創造了什麼，還在於她能激活男人的智慧創造了什麼——「滋情育思定理」。

既然美感狀態是高峰體驗頻頻光臨的時刻，爲什麼不在高度專注於創造性思維之後，間插進聽聽音樂、看看小說、逛逛名山大川的審美活動呢？保加利亞心理學家通過實驗證明，人們在聽或哼自己所喜愛的樂曲時，能誘導出一種冥想神思的心理狀態，大腦分外活躍。特別是聽每分鐘六十拍（與心律近似）的巴羅克音樂，頭腦則更加機敏。愛因斯坦在孕育相對論時，和朋友們聚會激烈爭論疲憊時，立即拉一曲莫札特的小提琴曲，或朗讀一段塞萬提斯的《唐・吉訶德》。這種思辨兼審美的「快樂學院」，使他們營造出許多高峰體驗，使他們獲得了一把又一把的智慧金鑰匙。現代人的創造性思維活動，不該如古人孟子所形容的是「苦其心志」的精神苦役，應該是愛因斯坦「快樂學院」式的由審美激活創造的美差。

深深的沉思也是高峰體驗的培養基。那些終日奔忙、日理萬機而無寧靜致遠條件的人，難有神醉心迷之後出現的智慧的閃電。現代人爲了在忙中迅速取靜，熱門於從東方宗教家那裏借鑒來氣功術。氣功是意念支配下的快速靜思。這種沉思不是苦思，而是美思。氣功家描述過他們入靜後的神妙意境：「若桂月光浮，梅香暗動，鼻端妙香，不知何自；若雲中綠綺，天半紫簫，耳根幽籟，不知何來！」這種快速的美思當然會使高峰體驗的生發頻率增高。因此有人做氣功時不忘在旁放上紙筆，一旦有神思噴湧，馬上記錄下來，以防智慧的流星一現卽逝。

現代學者還津津樂道他們沉迷於「宇宙宗教情感」之中的高峰體驗。他們進行創造活動，超越了爲溫飽、爲功名利祿的動機，而是爲了表達現代人才有的「宇宙意識」。他們篤信宇宙是個和諧整體，自然科學家、藝術家、哲學家都在「以最適合的方式來畫出一幅簡化而易領悟的世界圖象」（愛因斯坦語）。懷有這種動機的人，自然是「六根淸淨」，沉迷於和諧的大千世界中去畫自己獨特發現的世界圖畫，靈感頻來。

愛的高潮、美的極致、宗教的虔誠是人的最激越的非理性狀態，竟然能呼喚來最傑出的理性！呵！

破譯泰戈爾

印度大文豪泰戈爾有首著名的散文詩：「如果鳥翼上繫了黃金，那就不能飛翔了。」這詩的表層語義是，鳥翼若繫了貴重的黃金雖華貴但不能飛翔了。其蘊涵的可被讀者聯想而得的深層語義是，一位才高八斗的人，倘爲虛名及非分之利所繫，就不能昇華、不能自我實現了。

人們在讚美這位榮獲諾貝爾文學獎詩人的詩歌格調清新、具有神祕色彩和感傷情調之時，都懷著敬仰崇拜的心情。其實，上面引的那首散文詩是任何凡夫俗子都有條件寫成的，因爲只要知道「鳥翼會飛」、「黃金很貴重而且比重較大」這些常識就有條件寫出這首詩了。

然而，奇怪的是，起碼在泰戈爾之前的世代億萬人類都沒有寫出來（理由是，若前人有過這樣的詩，那泰戈爾就是剽竊之徒了）。爲什麼泰戈爾能把尋常的常識寫成不尋常的詩句呢？縱觀天才，恰恰是將尋常的信息組合出空前未有的新信息體的人中之才。可怎麼組合的呢？如何破譯這「智慧的密碼」？

遺傳工程或稱基因工程給我們描繪過未來的一幅迷人圖景：通過限制性內切酶，能將老虎的基因切出一段，然後再把老鷹的基因切出一段，再用連接酶連接，就能創造一種添翼之虎的新物種。——哦，泰戈爾的「智慧密碼」我能破譯了！

泰戈爾是在做「信息的基因工程」。

現代的心理學中有一個時髦的分支，叫「認知心理學」。這個學派將電子計算機與心理學交緣，從電子計算機與人腦功能相似和同構的假設出發，求證人腦的認知機制。他們對人腦的記憶有著獨特的見解。記憶，不是將攝取的信息雜亂地堆在「腦庫」（「海馬區」）裏，而是進行歸納性的邏輯「編碼」成爲「信息鏈」方式存放的。例如，我們在記憶「黃金」時，就會把所有「黃金」的信息串在一起成爲「信息鏈」——金屬；黃色；在自然界以游離狀態存在，因此淘金不易；延展性強，可作精美華貴的首飾；化學穩定性好，不生銹，常作永恒的象徵；在經濟領域中是保值的硬通貨幣；比重大；許許多多「西部牛仔片」的淘金故事……只要我們一想起「黃金」，記憶就會把這一串信息全拽出來。又如「鳥翼」，也有一個「信息鏈」——鳥的飛行器官；功能會飛（當然也有不會飛的退化的翼，如駝鳥翼、鷄翼等）；由輕質的羽毛構成；各種鳥的各色羽毛；鳥翼形狀都是上圓下平，萊特兄弟在此悟到了升力原理而發明了飛機，進而由學者創立一門空氣動力學；鳥翼是自由天使的象徵……人腦這樣的編碼記憶有個極大的好處，提取信息時十分方便，保證了知識的系統化，有利於知識的應用。但是，這種邏輯編碼卻有害於自由創造。我們只能把這一條「信息鏈」與那一條「信息鏈」結合，看看能否發現什麼新的同構而創造出新的「信息鏈」。就像動物雜交與植物稼接一樣，把各自的全部基因去雜交。馬和驢基因相近，可雜交出騾，而馬和鳥就不能雜交了，不同物種間是不能交配生育的，關係越遠越不可能。好處是物種界限清晰，壞處是很難產生新物種。同理，幾條完整的「信息鏈」之間的組合，也很難組合出新物種那樣的新信息來。

泰戈爾那個時代，還沒有「遺傳工程」，但他（包括古往今來所有詩人），其文學本能就會進行「遺傳工程」那樣的將信息鏈切割而進行部分組接的「信息工程」了。我們來看泰戈爾的技巧：

——從「鳥翼」信息鏈中切割出「鳥翼會飛」這一段「信息基因」。

——從「黃金」信息鏈中切割出「黃金是貴重的而且是比重較大」這段信息基因。

——然後組接成「鳥翼上繫上黃金就不能飛翔了」這樣的在現實中從沒有的新信息（詩）。在現實中誰也不會將黃金塊繫在鳥翼上讓鳥去飛，是泰戈爾創造的「新物種」。

生物學家切割和組接基因鏈用的是酶，泰戈爾用了什麼？他的切割酶就是非理性的高度激情態（或稱「高峰體驗態」，或稱「靈感態」），將大腦中原有按邏輯編碼的信息鏈切碎，似夢非夢。接著，用一種特別的組接酶——他在人生裏悟到的形而上哲理：人如果爲名利官祿、聲色犬馬所縛就不能自由昇華了——將切斷的「黃金」、「鳥翼」中的基因片段組接成那句散文詩。

自然科學家的創造也是如此，如癡如迷的創造激情所激發的自由想像，將大腦中的種種信息鏈切碎，然後由特別的內接酶（科學家在觀察世界中發現的困惑自己的難題），將「碎」信息片段組接出驚世的科學理論來。

泰戈爾在冥冥中似乎在對我說，創造乃是非理性與理性共同生育的驕子，不是理性的單性繁殖的結果。人要在激越純情的愛情中、在半神半魔的美感中、在虔誠執著的宗教感及社會使命感中、甚至在李白說的「斗酒詩百篇」的酒中，總之，在一切非理性的情感的「野性」中，尋求信息鏈的內切酶，然後納入理性的邏輯框架，重新建構出創造性信息來。

哈！神奇的創造不過是：把野性注進邏輯！

大智之源

科學史上記載了一件趣事：在中世紀前期，人們要學會算術的除法，得去義大利留學；縱使是位數學天才，耗去畢生的精力都完不成百萬數的除法。

——一天，我在聽最優美的德沃夏克的第九交響樂（《自新大陸》）的第二樂章之時，忽然從記憶裏冒出上面那一段。接著我在音樂聲中自由想像，想到當今的小學生做作業，任何一位學過四則運算的智商平平的小學生，不用十分鐘，就能把一個百萬位數的除法題輕而易舉地解出來。我立即自問自答起來：「難道是今天的小學生的大腦構造優於中世紀數學天才的大腦？是因爲人類的大腦在不到一千年裏有了突變性進化？」

「不，人類學家或生理學家都會連連說不；沒有任何根據能證明人腦在幾百年中有什麼進化，如果眞有進化也是以百萬年爲單位的漸變。」

「那是什麼原因？想想，什麼原因？」

沒有答案。這時卻又從記憶裏彈射出其他信息：

中世紀前期還沒有在數學運算中引進阿拉伯數字，用的是太痲煩的羅馬數字；那時還沒有「零」的概念；那時還沒有除法的「××）××××××」的計算模式。一定算得非常非常複雜。怎麼複雜？除非研究那段數學史的人才會具體知道，反正可以猜想很複雜。中國算盤上的除法就很複雜，它已經有了「零」概念，有了阿拉伯數字，就是少個「厂」這樣的算式，就很痲煩，由此可想而知中世紀的除法有多難了！

一九七八年諾貝爾經濟獎的得主西蒙博士說，人的思維已有過四次革命。第一次是文字的發明；第二次是阿拉伯數字體制的出現；第三次是解析幾何及微積分的創立；第四次是電子計算機的發明和應用。西蒙所說的思維革命，是指人認知世界的思維模式的質的飛躍。不言而喻，博士生認知世界的思維模式（或方法論）絕不同於文盲者；不懂微積分的人不可能進入解決變量函數的思維領域。

生物學家在動物界發現，動物心理發展得越高級，它的大腦相對重量越大。儘管大象的腦比人的腦重兩倍，但人腦等於人體重的四十分之一，而象腦卻是象體重的四百四十分之一。靈長類的在動物界算是高智能者的猴子，其腦也只是體重的九十分之一。於是，有人想根據這個發現來揭開天才之謎，看看天才人物的腦量是否超重。結果是並不服從動物界的那個統計規律：屠格涅夫、拜倫的腦很大，在二千克以上，可是大哲學家康德、大詩人席勒和日本的十九世紀著名小說家夏目漱石等天才的腦重量卻只有一千五百克上下，有的還低於人類腦重的平均數，比常人還輕！由此可見，人的智能與腦重並無明顯的相關性，與腦重比體重的比率也無明顯的相關性。

噉，這些看起來互無因果關係的信息從記憶中湧流出來成爲一個「記憶場」時，忽然超常組合出了一個答案：人的智能的高速進步，已不是像動物那樣主要靠腦的「硬體」的進化；人就是人，人靠人腦的「軟體」（卽認知世界的思維方法）革命來實現智能革命。

據此答案思接千載，回溯到伽里略那裏去。

古希臘大哲人亞里士多德從羽毛比石頭下落速度慢的直覺經驗總結出一條金科玉律：兩個物體同時下落時，重的先著地。從亞里士多德到伽里略的兩千多年裏不乏天才，不乏腦袋比伽里略的腦袋重得多的人，但是，沒有一個人推翻亞氏這個定理。伽里略卻推翻了。他不過是用了異於亞氏的認知這一現象的方法論，卻得出了完全相反的結論。伽里略想：如果將一輕一重的兩個下落之物捆在一起，按照亞氏理論就出現了兩個矛盾的結果：一、捆在一起，重量加重了，應該比那一件較重的物體落得更快；二、捆在一起，因爲輕的物落得慢，就會連帶影響重物的下落速度，也就是說，捆在一起之後的兩物下落速度比那一件較重的物體應該落得慢。同一情況，按照同一理論推理判斷，卻推得完全相反的結論，這一理論當然是荒謬的。於是，伽里略推翻了亞氏的理論。爲了驗證，據說，他拿了兩個不同重量的鐵球，在比薩斜塔上做試驗，使他成功地推導出了著名的自由落體公式。

伽里略的成功是思維方式革新的成功。

所有科學、藝術的革命性成果，都是人的認知模式革命的成果。

心理學家赫伯特・杰喬耶給現代文盲下了一個很有趣的定義：未來的文盲不是不會閱讀的人，而是沒有學會怎樣用新方法論學習和創造的人。方法論成爲大智之源。

寫到這裏，我的思維又天馬行空到一個新的去處。時間是不可逆的，不能儲存起來的；但是，我卻發現了一個儲蓄時間並有高額利息的方法：那就是先用現在的時間去學習和鑽研你的學科領域的認知新方式（新方法論），時間就像存款一樣存起來了。日後應用新方法論，無論學習或創造就會事半功倍，那時，時間「存款」就會連本加高息一起支付出來！

我像發現長江之源是通天河的人一樣亢奮，我似乎發現了大智之源……。

尖端乃常規之和

我曾以報告文學的文學形式，報告過一位核潛艇總設計師。我問他成功的體會時他好像答非所問：「尖端乃常規之和。」

我聳肩、攤掌表示不解，他對我講了兩個實例。美國阿波羅登月飛船開創了人類登上另一個星球的新紀元，是科學技術的尖端，可是阿波羅登月計畫的總指揮韋伯說，阿波羅登月飛船的建造，沒有一項是只此一家的新技術，都是一些現成常規技術的綜合。還有一個有趣的例子是，好多年前，蘇聯一架米格二十五戰鬥機叛逃了。美國軍事情報專家對這種性能優越的飛機很感興趣，特意組成專家小組前往飛機所在地的日本去剖析。美國專家本以爲蘇聯人掌握了獨家的尖端技術，誰知剖析後很失望，技術全是常規的，工藝落後。然而專家們又分外驚奇：常規的技術、落後的工藝卻綜合出了當時世界一流的戰鬥機性能！

我在具體描繪這位核潛艇總設計師怎樣把常規綜合成尖端時才眞切地理解了「常規之和」

的「和」。這個和不是算術加法之和，而是將多元納於有序的系統中的系統工程之和。

我常常心鶩八極，忽然想到貝多芬、德彪西、勳伯格和斯特拉文斯基歷代大作曲家。他們全是將常規組合成尖端的超級能手。音樂家的「常規」極爲可憐，就是十二個音。貝多芬用他的和聲功能體系的系統組合出了偉大的《貝九》等交響作品；德彪西用後期印象主義組合出了傑出的《大海》；勳伯格用十二音序列音樂的現代體系組合出了驚世的《華沙倖存者》；斯特拉文斯基用他的原始主義規範組合出了領當代風騷的《春之祭》等等。所有偉大的作曲家，都是將十二個音進行不同的組合的人們，他們之所以偉大，是能將這些最簡單的東西組合成表達各個時代的最深層的情感和最深邃的哲理的尖端作品。

——不，地球上的生命比作曲家更偉大，從單細胞生物到人的整個無比豐富的生命序列，全由「常規」的四個核苷酸組合而成，比十二音還少！

爲什麼常規能組合成尖端？是不是可以借用亞里士多德的一句話來回答：整體大於局部之和。在系統中，一加一不等於二，而可能等於十或等於一百，因爲整體大於局部之和。可能正是因爲這個道理，簡單的常規的東西，可以多重組合出遠大於局部之和的尖端的、豐富的東西。

在第二題，我在破譯泰戈爾的「智慧密碼」時，發現了把這個「信息鏈」的一個片段和那個「信息鏈」中的一段作超常組合，常常脫穎而出嶄新的藝術信息和科學信息。到這一題，我意會到現代人的思維方式更爲複雜了，不僅是這一個和那一個的組合，而是許多個的系統組合，組合之後再組合，形成多元多層的綜合，才能造出航天飛機、超大規模集成電路、人工智能機等等，才能創造出全官能審美的現代藝術（例如現代流行歌曲演唱，是聲樂、舞蹈、服裝、雕塑、建築、繪畫、激光、音響、詩歌甚至歌星與觀眾對話的公關藝術等多元藝術的集成組合）。

固然，各個學科及各項科學技術有自已獨特的組合多元信息成系統的方法；但是，是否有共通的形而上的規則呢？如果我們再把思路跳回到作曲家那裏去，會發現有共通的原則。貝多芬、德彪西、勳伯格、斯特拉文斯基之所以能組合成完全不同的藝術精品來，他們都是新音樂規範的創立者。誠如貝多芬所說，爲了美，沒有任何前人的藝術規則是不可破壞的。科學也是如此。向歐幾里得幾何學第五條平行公理的成功挑戰，才組合出非歐幾何學的新系統。普朗克否定了精典力學和電磁理論中關於能量連續的假說，才有量子力學的問世。剛去世不久的現代派畫家達利，不承認藝術是現實生活典型化反映的現實主義原理，才創立了專門畫夢境、幻覺的超現實主義畫派。一言以蔽之，要想把常規組合出空前的尖端來，必須揚棄舊的組合規則（藝術稱之爲流派，科學稱之爲規範），創立新的組合規範或流派來。

非常有趣的是，獲得新的組合規範也常常是多學科的知識組合的結果。達爾文在貝格爾號海軍勘探船航行五年，在全球採集了浩瀚的動植物及地質方面的多元信息，用什麼樣的新規範去組合成新的生物學理論呢？達爾文用這樣的辦法找到了新規範——把賴爾的地質學理論的進化方法和馬爾薩斯人口論的生存競爭原理組合在一起，成了他的全新的以自然選擇爲基礎的進化論學說，將浩瀚的信息組合成震動當時世界的《物種起源》。在現代，爲了讓人們能組合出新規範，還專門創立了新的橫向學科作爲其方法，這些學科有：控制論、信息論、系統論、突變論、協同論、耗散結構理論等。

對於一個落後的國家、落後的民族或者是落後的個人來說，要能後來居上，不是經典地按別人的路子去全部更新「常規」，其實只要更新必要的有限的「常規」就行了（如建立一定的工業基礎或接受必要的高等教育），關鍵在於與別人完全不同地去尋覓非經典的組合常規成尖端的新規範來。所有落後民族或個人的自信應建立在此。

那位從未見過核潛艇的總設計師，他設計出了別具特色的核潛艇；他說「尖端乃常規之和」，難道不也是現代思維的一種「智慧的密碼」嗎？

吹皺一池春水

一泓漸漸疲乏凝寂的湖水。連落在湖底會眨眼的星星也不再有流盼了。沒了彼時風韻，沒了昔日生機。湖忽然蒼老了。

忽然聯想起一段「統計語言」，變成了我所見畫面的「畫外音」：心理學家統計了近代世界各國一千二百四十九位傑出的科學家，他們的一九二八項重大發現，均在二十五歲至四十五歲之間；更爲有意思的是，若繪成座標圖，人的創造性峰值年齡爲三十七歲。──這就是說，人過了四十五歲，那智力之海就像眼前疲憊衰寂的湖：智慧蒼老了！

從這裏引出兩個迷人的困惑：

人越年長，積累的經驗和知識越多，越博學，本應該「博學多才」，爲何「博學非才」？

如果說是因爲人老了其大腦功能衰弱了，那麼爲什麼人的創造峰值年齡不是人體機能全盛的二十五歲，而是將要進入中年的三十七歲？

解我之惑的不是生理學家言之鑿鑿的種種理由，恰是眼前這空空濛濛的湖的意象。

誠然，生理學家證明，人過了三十歲，每天死亡十萬個腦細胞，腦細胞是不能再生的，死一個少一個，到八十歲，腦細胞就只有二十五歲時的百分之六十三了。似乎可以得出結論智衰完全是因爲人老。但是，另一派生理學家卻拿出了不同的證據，證明人腦的衰老很慢，六十歲與二十五歲時的綜合智能指標差異不大，這一區間的曲線下滑較慢。還有一項研究報告推翻了腦細胞絕對不能再生之說，實驗證明，如果大腦總處在嶄新的刺激中，舊的神經根上還會長出新的神經元來，像枯樹透新枝一般。後一派顯然是認爲，只要不是到了老年癡呆症的病態，似乎智能的衰減不是與年齡的遞增呈簡單的反比例函數關係。——生理學家們還在各執一詞，我們怎不莫衷一是？

一陣沒有明顯感覺的清風吹來，湖面倏然煥發生機——噢，記憶深處的一句名詞顯影出來：「風乍起，吹皺一池春水。」一陣徐徐清風竟使蒼老的湖注進了春的活力！

蒼老的智海，如果設法吹進一點什麼，是否也能倏然回春？

不妨做一個思想實驗試試。

假定M先生現年五十五歲，二十五歲取得了碩士學位，學得的信息爲A、B、C、D、E。三十年來，M先生的創造性思維都是在A、B、C、D、E的信息綜合——如前所述，或是信息片段的「基因」組接，或是多元信息的系統組合——的活動中取得成果的，用示意圖一表示。經過M先生三十年的綜合，再加上M先生的同代人也是在進行ABCDE諸信息的三十年的綜合，已經產生了許多發現、發明，至今再從中產生新的發現與發明的概率就很小了，用句俚語形容是：老鼠尾巴熬湯——油水不大了。這些信息失去了組合活性，靜寂下來，如圖二所示，像一片死水，像疲憊的湖面。

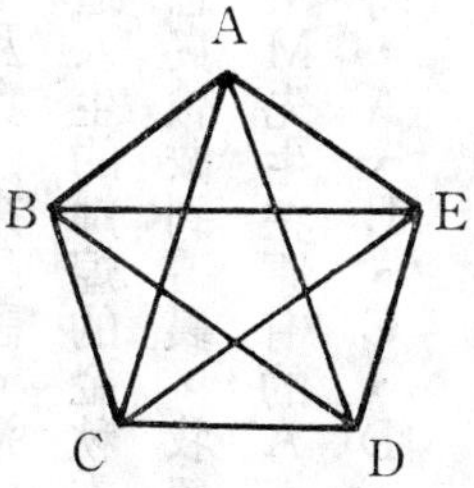

圖一

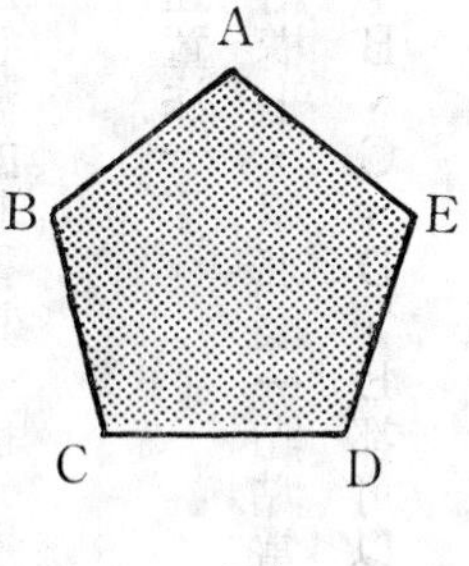

圖二

然而，如今是二十五歲的剛取得碩士或博士的N青年就全然不同了，他剛學得的V、W、X、Y、Z等信息都是此時前沿知識，它們之間還沒人綜合過，當然從中綜合出創造性成果的概率就會很大。因此，他比此時的M先生有更大的創造活力。

這就是爲什麼年輕人比年長者更富有創造發明能力的主要原因。當然，年輕人的大腦生理功能也優於年長者，但是，這是次要的因素。

既然N青年學得的V、W、X、Y、Z諸前沿信息從未組合過，既然二十五歲的N青年又是大腦功能鼎盛期，爲什麼創造巔峰年齡不是二十五歲而是三十七歲？因爲信息綜合不是簡單的迭加。組合的可能性極多，需要從中篩選，需要進行多重組合的嘗試，最後還得實驗、觀察及實踐來驗證。這就需要時間，因此，創造性智慧的收穫期一般均在三十歲以後。這是創造人生的輝煌的金秋季節！

思想實驗做到這裏，我忽然頓悟到智慧的「返老還童法」了。

如果M先生在原有的A、B、C、D、E的知識結構上，學那麼一點點當今N青年學的Z，這時，A、B、C、D、E的死水立即活了，A、B、C、D、E都可以與Z進行新的

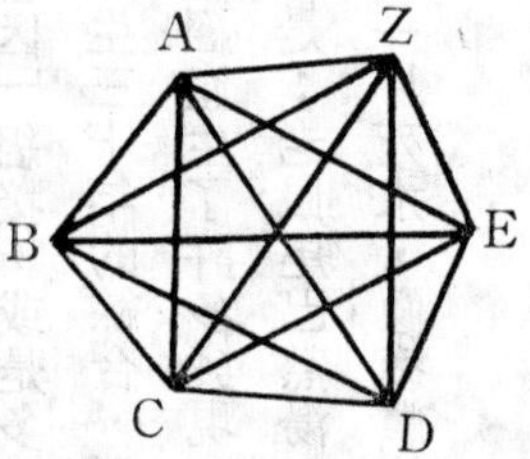

圖三

綜合，如圖三所示。是一幅比圖一生動得多的綜合信息的示意圖。圖二的死水，倏然變成「風乍起，吹皺一池春水」一個Z的出現，A、B、C、D、E全被救活了！

不是有知識老化之說嗎？M先生三十年前學得的A、B、C、D、E還有用嗎？哲學家兼數學家萊布尼茲發明的、至今電子計算機上用的二進位制，是他將中國的三千年前的八卦信息與十進位制知識綜合而得的。八卦信息都未老，三十年前的知識怎麼會死亡？知識的老化是指這個信息和那個信息組合多次再無新信息孕育的這個意義上的老化，一老就是一對或一組。單個的知識是無所謂老化不老化的。古希臘人及春秋戰國時代的諸子百家所創造的知識，至今仍然是我們的創造之源，關鍵是我們用什麼來同組合過的信息進行組合以及怎樣組合。

哦，青濛濛的湖，像麗人的百褶裙一樣的湖，你讓我崇拜，因爲你給人類一個啓示：只要不停地往智慧之海上引進徐徐的清風，那裏將總是勃發著生機，從年少得志到大器晚成。這樣我們也許能夠解除現代人的智能比機體早衰的煩惱，求得和諧的合乎比例的智體同歸。畢得哥拉斯說過：合乎比例的、對稱的、自洽的，就是美！

迷人的背反

德國哲學家康德頭一個發明「二律背反」這個令人炫迷的詞。他說，當人的理性企圖去認識世界本體時，就會發現有兩個互相排斥的命題都可以論證是正確的，例如，「世界上一切都是單一的、不可分割的」與「世界上一切都是複雜的、可分割的」兩個互斥的命題都是能論證其可成立的。從此之後，人們常用康德這個認識模式去描述一些迷人的認知對象。

我在用自己的大腦反省大腦的穎悟過程時，也碰到了一個背反現象：高智能的現代人很怪，他們越是能理性地辨知超感覺的億萬光年遠的星系，越是能理性地把超感覺的原子中的巨大能量釋放出來，越是能理性地將神奇的人類自身的生產放在試管裏進行，卻越是起勁地反對理性，頌揚非理性！

哲學家尼采討伐理性主義，主張自我意志擴張，呼喚他所塑造的「超人」。哲學家柏克森反對科學，認為不能靠理性來認識實在和進行創造，唯有直覺的境界才是與上帝合而為一的境界，直覺即創造。心理學家弗羅伊德，認爲非理性的潛意識似冰山沒在水中的那部分，占意識的十分之七，無比豐富，支配著人們的理性和行爲。——這是怎麼一回事？哲學家、心理學家們在用理性思辨證明理性的不可靠，會不會覺得他們「吃錯了藥」？如果承認理性不可靠，那麼，怎麼能承認你用理性邏輯證明的「理性不可靠」是可靠的呢？

然而，令人不可思議的是，那些立論必須有實驗根據的自然科學家們也跟著在大談「直覺主義」。化學家凱庫勒說，他發現苯的六角環形結構是受夢的直覺啓示，因爲他夢見了一條蛇咬住自己的尾巴成環形，使他頓悟苯的化學鍵應環形結合。阿基米德繪聲繪色地說他發現浮力定律是在浴桶裏泡著的直覺啓迪了他。愛因斯坦說他的相對論的奇妙構想萌生於早晨剃鬍子時，是「剃」出來的相對論。牛頓創立萬有引力定律、居里夫人發現新元素鐳、彭加勒發明福克函數、門捷列夫編制元素周期表等等，都說得益於突然而至的斑爛多彩的直覺。爲此，大物理學家玻恩竟下了個全稱判斷：「實驗物理的全部偉大發現，都是來源於一些人的直覺。」

如此看來，我們不得不刮目相看那個玄妙的直覺了。什麼是直覺？科學哲學家M・邦格下了個定義：「直覺是我們用來表示一切我們不知道怎樣加以分析，甚至加以確切命名，或者我們不想加以分析和命名的智力機制的大雜燴。」直覺是非邏輯的。蘇聯一位研究直覺的學者阿摩斯斷言：純粹邏輯始終只能把我們引向同義反覆，它不會創造任何新的東西，本身不能提供科學的原理，只有直覺才能創造。

哦，這個塗滿神祕色彩的直覺原來同我在第一題裏所說的非理性激情態（高峰體驗）是同義詞。那麼柏格森的神祕的直覺也就不神祕了，它的智力機制就是切割原來邏輯編碼的信息鏈，然後作遺傳工程式的超常組合而已。

這迷人的背反倒引起了我的另一方向上的遐思：爲什麼最精於邏輯之道的哲學家和科學家們一味地貶低理性的結晶——邏輯？

我猜想，他們準是發現邏輯的大弊了。

邏輯能使我們的認知導向確定、精確，科學上稱之爲「可重複性」。邏輯建構了各種「學」。人類就是靠各種「學」建造了今天的文明。逐漸，邏輯就像圖騰一樣被人頂禮膜拜。只要合乎邏輯推理的，似乎就是科學無誤的。托勒密的地心說，不是錯在邏輯上，而是錯在不符合哥白尼所得的天文觀察的結果。毛澤東的階級鬥爭理論在邏輯上也自成體系，它的錯謬在於邏輯前的理論假設。牛頓力學上的「時間、空間絕對性」的錯誤假定，不是愛因斯坦靠邏輯推理否證的，而是重新作了假定，並由這個新假定導出的結果被實驗和觀察所驗證，才否證了牛頓的假定。面相學、占星術之所以有那麼大的欺騙性，正在於他們說得振振有詞合乎邏輯，這種邏輯掩蓋了那些未經證明的荒誕假定——例如，假定什麼樣的鼻子形狀代表什麼樣的禍福等。總而言之，邏輯常常成爲僞科學或科學中疵瑕的保護色，降低了人們的識別能力、挑戰的勇氣及創新的活力。

邏輯還有一個弊病是「邏輯自我展開症」。我們拿體育爲例。爲了健康的目的人類設計了體育活動。體育自身就形成了一套邏輯規則而自行展開：體育的基本規則是競賽；競賽就必然有紀錄；有紀錄就要突破紀錄；要突破紀錄就要突破前人的運動訓練量；不斷的突破前人運動訓練量就導致人體的超負荷訓練；超負荷運動就導致絕大部分運動員傷殘及短壽（卽導致了非健康）。多麼出乎意料：爲健康而設計的體育，由於體育自身邏輯的展開，卻導致了反目的非健康。這絕不是特例。共產是爲了消滅剝削，共產的邏輯自展卻導致更大的特權剝削。所謂邏輯自纏的怪圈或悖論，都是「邏輯頑症」。

在理性主義至上的年代，出現反理性主義思潮是可以理解的。但是，對於理解了一切創造乃是把野性注進邏輯的現代人來說，不應該討伐邏輯，而應求得非理性與理性的和合度，讓他們產下優生的創造之子來。

迷宮，精神迷宮

美國第一批歐洲移民是坐「五月之花」號船登上新大陸的；我也在春正濃的五月（一九八六年五月）第一次去美國參加中美作家會議。訪問六個城市，最後一站是舊金山。舊金山有座著名的橫跨在大海上的金門橋。美國朋友溫蒂小姐告訴我，這是一座「自殺橋」，平均每星期有一個人從這大橋上跳下海去作爲生命的句號。「呵，眞夠輝煌的句號！」我想。我問溫蒂，是不是卓別林所扮演過的美國窮流浪漢來此自尋短見？她的回答使我困惑：「不，不是這樣，主要是有錢有文化的支撐美國社會的白種人男人，占百分之六十八，而最貧窮最沒有地位的黑人婦女卻只占百分之一．一。」她還居然引出一個令人驚詫的結論：懂得越多的人活得越難受！

接著我去斯坦福大學。這所在全美大學評比中總是名列前茅的名校，校園裏有偉大的雕塑家羅丹的「地獄之門」，讓人駐足凝意，出神入化。但離羅丹傑作不遠的地方卻有一個技法極爲拙劣的石膏雕塑——兩男相依、兩女相偎——即頌揚同性戀的雕塑。據中國留學生告訴我，校方一度把這雕塑給砸了，立即遭到爲數不少的同性戀師生的憤怒抗議，校方不得不又重塑復原。這，引起了我的好奇，專門向斯坦福大學的研究倫理學的一位學者請教對同性戀的看法。這位學者的回答更使我困惑不已，說得既明確而又不確定。他說：「從生物學角度看，同性戀破壞了生命再生產目的，是不可取的。從尊重個人自主選擇的自由觀來看，性行爲純屬個人私事，應予尊重。八十歲的老頭選擇十八歲的姑娘爲妻，雖不能生育，法律照樣允准，那麼，同性戀爲何是非法的？從人類如今人口爆炸危機的角度看，同性戀是絕對節制生育的性行爲，又是可取的。從精神分析學角度看，許多同性戀者是因爲異性戀失敗而作的一種選擇，這是一種病態心理。從生理學角度看，有些同性戀者是因爲染色體有了變化。如男的本是XY，若增加了個X，變成XXY，就會自認爲是女的而與男人搞同性戀；反之亦然。這種同性戀者值得同情應予理解。從性學的角度看，與同性的人進行性活動，可以推己及彼，最爲了然對方性的最敏感帶及最敏感時，因此能比與異性性交得到更大的快感。從醫學的角度看，同性戀者更易染上最可怕的愛滋病，尤其是男性同性戀者，這又是反自然人性的報應。從公共關係學來看，同性戀者待人接物富有同情心，心地善良，許多外國留學生專門找同性戀者的房東，會得到更多的善意關照……」

見鬼！一位飽學之士竟然對同性戀問題——平常人很容易作出是非判斷的問題——作不出確定的二值判斷。因爲他所懂得的學科太多，患了現代的「多學科中毒症」，或叫「理性中毒症」。某一事物，用一個學科的角度去觀照，可引出確切的結論；但用眾多學科去觀照同一事物，卻得到了許多各說各有理的互相牴牾的結論，於是總判斷沒有了。在思考者面前出現了一個精神迷宮：每個岔道都清晰可辨，然而，岔道越多，越找不到迷宮的出口了！現代的飽學之士就像鑽迷宮的白鼠，在自造的多元文化的迷宮裏鑽來鑽去，既有挑戰刺激的美趣，又有找不到出口的困惑和焦慮。快樂和痛苦共時，有多大的快樂就有多大的痛苦。於是，患心理障礙的人日趨其多，心理醫生成了當今最走紅的職業之一，於是，因爲懂得越多活得越難受的自殺者占社會總自殺人數的比例越來越高。

我們總是無比讚美多元文化的豐富性，卻沒悟到多元的災難：多元會分裂精神，多元甚至會殺人！

以前有人描述過信息社會信息爆炸的危機，但只看到信息的數量，說，一位閱讀能力最強的化學家，要讀完一年所出版的化學論文得花四十八年的時間，因此他永遠讀不完。然而，文摘性刊物的精選，電腦的大量存貯及高速檢索，人類還能對付如洪水湧來的信息量。讓人無奈的是信息爆炸危機的另一方面，即多元文化在每人心裏構築的越來越多岔道的可畏的精神迷宮。幾個世紀前的物理學家伽里略冒著喪命的風險，能夠斬釘截鐵地否定上帝的存在，如今得諾貝爾獎金的二十世紀的物理學家楊振寧在回答香港記者提出是否有上帝的問題時，他回答得有多麼艱澀和不確定：「我很難正面回答是或者不是。我只能說，當我們越來越多地了解自然界一些美妙的不可思議的結構後，確實有你所問的問題存在：是不是有人或者有神在那裏主持著？我想，這也是一個永遠不能有最後答案的問題。」（香港《文學世界》創刊號五十三頁。）看吧，如此這般精神迷宮把大物理學家難成這樣，豈不讓所有人「好一個愁字了得」！

是的，心理學家正在為研究「兩難心理」及「多難心理」而愁；倫理學家在為「道德的相對主義」而發愁；哲學家為「悖論、佯謬、怪圈」而發愁；哥德爾發現了連數學邏輯也不嚴謹的不完備定律讓人發愁；海森堡在亞原子世界發現「測不準原理」使人惶惑等等。我們面對的世界和人生是怎樣的撲朔迷離啊！

難道我們只能像李清照那樣愁得一籌莫展了？不，至少在我對著那位射著幽默而智慧之光的愛因斯坦像時，愁雲在消解。愛因斯坦把本來認為絕對分割的時空統攝成四維關係。愛因斯坦把本來不相干的能量和質量用 $E=MC^2$ 的簡單公式聯接在一起了。愛因斯坦的後半生致力於將自然界中的四種力統在一起想搞出個統一場論，他失敗了，悻悻然去了；但是現在又成了物理學的熱門，證明他又是一位先知先覺者。我在想，愛因斯坦對人類的偉大奉獻，不僅是相對論和量子力學，更偉大的奉獻是在言傳身教一種嶄新的統攝思維方式，能夠療治人類在多元信息社會中所患的「理性中毒症」或是「精神迷宮病」。難怪愛因斯坦提出簡潔美而不是繁雜美。

我崇尚「統攝」。統攝不是合併，而是找到孤立、牴牾的多元之間的系統關係。我們的血管分枝多得不可勝數，但血的流動不是鑽迷宮似地亂流，而是協調的網絡運作。統攝就是把迷宮岔道組成可互通的、自如抵達各處的網絡。系統論、紊亂學都在爲人們提供統攝思維的具體操作方法。

但是，我們更需要統攝哲學。我的自由想像此刻在扮演一位預言家：如果說工業社會呼喚出了異化哲學的話，那麼，信息社會一定會把「統攝哲學」托舉出來，像芭蕾舞中的王子托舉出白天鵝公主一樣！這時刻，文學就將告別現代派，出現一個描繪人在自己的精神迷宮裏迷失而又在統攝的網絡裏獲得自由的人性新邊疆體驗的新流派來！

由人體美所集成的

巴黎的秋魂——盧森堡公園（Jardin du Luxembourg）的紅葉。樹上紅，地下也有一層厚厚的紅。以往深秋我踩著北京西山的落紅時總感到有踏著歷史上行而思接千載的莊嚴感，今天不。今天從腳底傳上來的溫酥的直覺，卻打開了我的這一部分記憶錄像：大腦螢屏上在複映著從巴黎羅浮宮及紐約大都會博物館看來的人體雕塑、人體繪畫還有從現實生活中看過的動人心魄的美人體。也許是盧森堡公園裏的人體雕塑啓開了我的記憶的開關？還是在離公園不遠處有一家旅館，門旁有塊刻石記著泛性論心理學家弗羅伊德曾在此住過，這個名字激活了我的「里比多」（Libido）？反正今天我突然對人體美的問題興趣盎然：爲什麼美學家、藝術家說人體美是所有美物中最美的？爲什麼「窈窕淑女」的窈窕爲美？爲什麼少女要以陰柔的曲線爲美而小伙子卻以陽剛的直線爲美？爲什麼古今中外的男女老幼都愛青春人體美？爲什麼？我知道，歷代美學家對人體美的問題極爲頭痛：

——黑格爾說，美是理念的感性顯現。姑娘的一隻水靈靈的美目，顯現了什麼理念？講不通。

——立普斯說，美是移情。窈窕的美姿，君子一看即嘆即求，移什麼符號化的情進去了？太牽強。

——布勞說，美是距離（心理距離）。若按此說，看美人照片比看美人本人會更美，這顯然是違反常識的。人們看了英格麗・褒曼的電影，更渴望見她本人。

——馬克思說，美是人的本質力量的對象化。請問當我們被「秀髮飄搖，膚細如玉」的美人激發出強烈美感時，這秀髮中有什麼「人的本質力量」？

紛紛落紅教我把美學家的種種玄談落去。我與我很喜歡的一位學過物理又在學管理的知識跨度很大的朋友進行「腦力撞擊」，像集成電路提高集成度一樣，在人體美上提高各學科知識的集成度並隨時進行統攝思維，使集成的知識系統化。

基因學說。生物的繁殖，說到底是自身基因的複製，或稱基因「拷貝」。生物爲了使自己的物種基因優化，提純復壯，在繁殖時，都要進行配偶基因的優化選擇。

動物學。猴王是格鬥出來的，最有膂力，因而標誌著它是這一群雄猴中基因最佳的。因此，猴王享有最大的交配權。開屏最好的孔雀，最有「魅力」，因爲羽屏最好的雄孔雀正是基因最佳的，最受雌孔雀「鍾愛」。春天樹林裏唱得最好的鳥最有交配繁殖權，因爲最好的歌聲標誌著最健全的基因。眞是妙不可言！大自然爲每個物種設計了自己獨特的「最佳基因表達形式」，供交配時作爲配偶選擇的標準，以求得優生。

心理學的「情緒外周說」。美感狀態的外周情緒表現是：審美者此時的愉悅興奮，在大腦中形成優勢興奮中心，其他區域都處於彌漫性抑制，因此美物就在虛無掉的宇宙背景上凸現出來，物和我交融，像金聖嘆所描繪的「不知花在看我還是我在看花」的情景交融。

……還有兩人歷史的、藝術的、生理的種種知識集成，加上各自的生活經驗積累，像大規模集成電路產生新的人工智能一樣，使我對人體美的美學機制有了全新的感悟：原來人體美的美的標準是大自然爲我們編制的，是人的優秀基因的感性顯現。凡人，都愛男女青春人體，而青春正是人的基因最佳期，是人的基因複製（即生育）的最佳時期。世界選美，不是選老年或中年人體作爲審美對象，一定是選青年人體作爲審美對象。卓別林六十多歲時娶比他小四十多歲的少女爲妻，假定兩人共浴，卓別林看妻子人體會覺得很美，而妻子絕不會面對著卓別林的人體產生強烈美感，因爲老年人體已不是最佳基因表達，人的本能就不以爲美了。當然，說青年人體比老年人體讓人感到美，是概率上的意義，並不是凡青年人體就美。青年人體中還有一個篩選標準，即最能體現這個人種最健全的形體特徵爲最美。所謂最健全形體就是基因最佳表達。每個人種，最佳基因表達有個模糊的公認標準：五官的比例、膚色、目色、三圍尺寸、第二性徵、身高體重等等。凡符合或接近這些公認標準的，大家一看就認爲長得美，也就是該人種的最佳基因載體。

這個標準是大自然爲我們編制的，憑我們的本能和直覺就能識別。人類的文化能對人體美標準起干涉作用。如中國唐朝的仕女畫以肥胖爲美，因爲肥胖意味著營養過剩，有錢，謂之「富態」；當今的湯加國也是以肥胖爲美；這都是文化價值觀（顯富）對人體窈窕美的一種扭曲。又如《紅樓夢》中的賈寶玉把林黛玉的病態當作美，那是因爲賈寶玉的文化價值觀認爲富貴有才之女必纖弱，因此，異化了大自然給他的擇偶選美的優化基因標準。再如，中國古代婦女一時流行裹腳成「三寸金蓮」，以傷殘人體爲美，更是一種文化價值觀的扭曲。然而，這種文化對人體美的負面作用不會久長，會被那個「人體美乃是最佳基因的感性表達」的融入人的天性的標準糾正過來。如今人類就不以肥胖、病態及對人體摧殘的「三寸小腳」爲美了。當然，文化也有正面作用，如在選美時兼對美人有文化氣質的要求，那就成了相加的復合美了。

我喜出望外，這番高集成度思維使我茅塞頓開，把困惑我多年的人體美爲何美的美學難題解開了！更使我喜出望外的，還悟得了一種思維方式。所謂思維的高集成度：就是集成許多異質的學科去處理難題。所謂思維的高集成度，就是在時間點上集成，即在一個短時間裏針對某一難題集中向大腦輸入大量的多學科信息並予以統攝成系統推理。

呵，高集成度思維像太陽中的本是互斥的原子核的聚變，釋放出多麼燦爛的光芒啊！

感謝和我同遊盧森堡公園的與我進行思維撞擊的朋友。此刻夕陽紅濃，我的心中升起了歌王帕瓦洛蒂唱的《我的太陽》：「……還有個太陽，比這更美，那就是你……」

文化游思

——七游

對游俠的游想

——黑白相間的灰色國粹

一

常聽外國的漢學家講困惑：自以爲弄通了中國的儒、道兩大家和儒化了的由印度進口的佛，可算是「中國通」了，可是，一碰到中國現實的政治、經濟乃至社會現象，就讓人不可解釋了，只好嘆爲「東方的神祕」。

他們不知道在中國（包括臺灣、香港）還有個「不立文字」的游蕩在極有活性的「俗文化」中的國粹——俠文化。

幾千年來，中國皇權時代以儒爲「白道」，以盜賊反逆爲「黑道」，在黑白兩極之間有個很寬綽的灰色帶，那就是俠道。到了民國，孫中山將白道換爲三民主義；後來中共執政改換白道為馬列主義毛澤東思想，還把黑道界定為「階級敵人」；但是，中介的模模糊糊的灰道——俠文化——卻一脈相承，俠道如故。

二

何以為中國之俠？

為儒、為道、為釋（佛），都有汗牛充棟的文字立論，為俠卻沒有。但有「圖式」可尋。最早是西漢司馬遷在《史記》中寫的〈游俠列傳〉，為朱家、劇孟、郭解三位歷史上實有的游俠人物畫了「標準像」。以後，最為集中最有影響的游俠圖式當算是元末明初的施耐庵、羅貫中根據民間流傳的游俠故事而編寫的長篇小說《水滸傳》。羅貫中寫的《三國演義》中的「桃園三結義」也是義俠的一種圖式。到清人根據單弦藝人石玉昆說唱的《龍圖公案》及其筆錄本《龍圖目錄》改編的《三俠五義》，游俠成了神化的集武術巫術於一身的武俠了。據這些圖式歸納一下，能稱為俠者，大概具有如下特質：

一、非白道人物。史太公說，今游俠，「其行不軌於正義」。意即不按正統的法理程序去行動，路見不平，馬上拔刀相助。所犯的對象常是正統背景上的有權有財的惡吏劣紳。在

「竊鉤者誅，竊國者侯」的強權倫理下，俠被許爲「不軌」，可司馬遷卻高度稱頌，認爲朱家等游俠其仁義之德不僅蓋過戰國四公子那樣的貴族，而且也蓋過了像季次、原憲等潔身自好的儒者。在口傳的俗文化中，游俠更是大仁大義之輩，立有高聳的口碑。因此，在漢語中，「俠」從來是個褒義詞。

二、非黑道人物。司馬遷給游俠郭解列傳，寫的是他改邪（黑道）歸正（俠）。郭解少年時任意殺人、私鑄貨幣是黑道，後來徹改前非，「折節爲儉」、「以德報怨，厚施而薄望」、「振人之命，不矜其功」，才成爲被人稱道的俠士。《水滸傳》裏的一百零八將中，不少曾是盜賊之輩，已屬當時價值標準的黑道，但他們結義於水泊梁山之後就是眞正「替天行道」的大俠了。

三、信奉的「道」（俠倫理），有詩爲證。其一，唐魏徵有〈述懷〉之句：「季布無二諾，侯嬴重一言。」季布，楚人，爲秦末時項羽的名將，以任俠著名，言必信，行必果，故楚人有「得黃金百斤，不如得季布一諾」之諺。侯嬴，戰國時的魏國隱士，做過大梁夷門的守門小吏，後被信陵君迎爲上客，曾爲信陵君竊符救趙效了大力。由此詩性圖式可知俠倫理之一是：重諾是俠義的根本。爲重諾可以輕生。詩證其二是唐詩人盧照鄰的「但令一顧重，不吝百身輕」之句，俠受人滴水之恩定當以湧泉相報，爲報知己者而不惜百死：這便是第二個俠倫理。司馬遷則把重諾、重知已早於兩位詩人之前綜述了：「今游俠……其言必信，其行必果，已諾必誠，不愛其軀，赴士之阨困。」

四、俠士之源及人格模式（俠氣）。司馬遷說的游俠大多是「鄉曲之俠」、「布衣之俠」、「閭巷之俠」、「匹夫之俠」，來自於民間，來自於泥土。《水滸傳》寫的游俠是游僧（魯智深）、游民（阮氏三兄弟）、底層衙差（武松）等，也是草根性的大碗喝酒、大塊吃肉的庶民之輩。這些人不是「學而優則仕」的儒，也不是刻意追求「清淨無爲」的道，更不是「六根清淨」的佛。非儒非道非佛乃是俠。然而，他們有儒的自視甚高的經世精神，自認爲天降大任於他們可助知己的王公貴族去救國，去「清君側」，可助受蹂躪的弱民討回公道。他們有道家的不求功名利祿的灑脫，劫富濟貧，仗義疏財，救人急難，不圖回報，而且好游道家憧憬的名山大川以求俗文化層次上的快活逍遙。他們雖助有恩於己的知己者，也助毫無功利關係的路人，因此又有幾分佛家的救苦救難的慈悲（也可附會說是墨家的「兼愛」，但墨家在秦之後就夭折了，游俠不可能從封在古籍裏的墨家中汲取「兼愛」價值觀）。他們廝混於江湖，喜結交豪強，其中不乏雞鳴狗盜之流，或者自己就改邪於流氓地痞這一層，因此游俠的言行舉止必染有三分匪氣。他們不是從書齋佛堂學得儒道佛，而是從看戲、聽書及底層生活的俗文化中耳濡目染了儒、道、佛還有匪，雜交出游俠所獨具的多元的各元比例因人而異的但普遍遠白近黑的複雜人格模式(俗稱爲俠氣)。

據種種感性圖式辨識:中國的游俠,非白非黑,但又不是由黑白擺布的中不溜的芸芸衆生,而是輕生重義的強者,成爲制衡白與黑的一種游離力量;中國的游俠,非儒非道非釋,但又集俗化了的儒、道、釋三種價値取向於一身,並用幾分匪氣的行爲方式來感性顯現其雜交價値,成爲雜色紛呈的在大俗中而脫俗的富有傳奇的社會族群;中國的俠來自民間,有草根性,是草莽英雄,愛游動,同類常是一聚卽散,呈散兵游勇,只有在亂世末年集結成夥,或占山割據,或攻城起義,演變爲一支改朝換代的以暴易暴的「暴民政治」力量。

三

游俠,並非只是中國的專利。

十二世紀,傳說英國有位大俠,名爲羅賓漢,武藝出衆,機智勇敢,因不堪諾曼封建主的壓迫,就與自耕農中的好漢結夥,出沒森林,劫富濟貧,除惡扶善,捕殺欺壓百姓的官吏和教士,成爲萬衆和世代傳誦的義俠,寫進文學小說,搬上銀幕螢屏。

從十二世紀到十四世紀,法國時興騎士制度。騎士雖是封建領主所養的職業騎兵,出身於貴族，但是，他們的「騎士倫理」中也有匡扶正義、扶弱濟貧的內容，宣揚勇敢、忠誠、慷慨以及對大貴族之妻的浪漫情愛，有著黑白兩道間的俠氣。

在美國好萊塢的「西部片」（又稱「牛仔片」）中，描繪了十九世紀八十年代至九十年代北美西部地區開發時出現的主持正義、爲民除害的「槍俠」。那些頭戴寬沿帽、身穿黑坎肩、叼著雪茄、腰挎左輪槍、騎著大馬游蕩於西部廣袤莽原的俠客，也是輕生重諾專打抱不平者，在電影中這些俠客總有「英雄救美」的豔遇。

將俠的西方「圖式」與東方「圖式」相比較時，似乎能抽象出一點共同的東西：凡一個社會，中央集權被肢解或鞭長莫及時（如封建割據，如一代皇朝末年社會脫序，或是新開發地區尙未建立有效的國家控制等），與此同時，又出現了嚴重的社會不公正（當時倫理規範上的不公正），就會孵化游俠出生；凡能成爲俠者，必須有捨生取義的價值取向，而且具備除暴安良的超群的個人武藝和智慧。俠不是救恩的宗教偶像，但卻有著在人間眞正救恩的功能。當然這種游勇的救難功能十分薄弱，能受其救恩之惠者極少。然而，由於俠是處於不公正地位中的廣大弱者的熱烈希望，因而，俠的道德形象和武藝智慧以及他制強扶弱的社會功能，都在口頭的多級傳播中被想像力不斷誇張放大成半神半鬼、神出鬼沒的現實偶像，以對當地作惡的強勢者構成爲一種神祕恐怖的心理威懾。

然而，洋俠只是出沒於一段歷史區間，就走進了歷史博物館成了骨董，而中國的俠卻形成了一種俠文化，而且以極強的滲洇力泛化到主流的儒道雅文化及三教九流的痞文化中成爲邊界模糊的文化，無論是帝王庶民，還是鴻儒野夫，骨子裏都染上了幾分俠義和俠氣。

四

到此大概能游思使外國漢學家困惑的「爲什麼中國皇帝多無賴」的形而下問題了。

中國的游俠一開始就是一支政治上的生力軍。戰國時代，群雄爭霸，各國王公貴族興起養士之風，以儲備政治實力。司馬遷記敘了史稱「戰國四公子」（齊國的孟嘗君、趙國的平原君、魏國的信陵君及楚國的春申君）養士數千而成就政治業蹟的史實。雖然當時所養之士有三類——諸子百家的學士，能作爲智囊的策士以及包括游俠、刺客、方伎、屠夫及其他雞鳴狗盜之流的雜士——但是其中又能獻策又能獻身去實際操作的卻是游俠刺客。正是主要憑這些俠義者的捨身取義，才使得四公子「名冠諸侯」。從此中國政治家懂得要在政治上成事得在江湖廣交義俠。尤其是改朝換代之時，都要靠暴民政治（由游俠集結而成的造反）去覆沒舊王朝，那麼，欲作開國之君者更要當得了江湖之俠的「老大」。何以能讓江湖豪傑折服而起事？不僅要有文韜武略，更得對「俠倫理」有所認同，還要有與俠有親和力的匪氣——誠如史學家唐德剛在〈毛澤東何以能打平天下〉一文中所寫：「作開國之君……更重要的還須潑皮膽大，心狠手辣，行爲上要帶數分流氓，幾成無賴……古人說『自古帝王多無賴』，至理名言也。」

別說遠的劉邦、朱元璋，而看近代蔣介石、毛澤東。蔣介石爲了得天下曾同由封建行幫變成游民組織的清幫聯手對付共產黨。毛澤東打天下更是集各路草頭王發動秋收起義起事。他總是利用由俠文化塑造的黨內山頭之間的制衡而玩黨內「路線鬥爭」的政治遊戲以鞏固他的權威。

中國政治家不是俠，絕不重諾重義，也不爲友人兩肋插刀，他們只是裝得有點像俠與俠結義，更喜歡由灰道的俠變成黑道的黑幫，以借他們的暴民政治力量爲自己的權力目的服務。

西方政治改朝換代，如法國的封建王朝由墨洛溫王朝更迭爲加洛林王朝，再更替爲卡佩王朝、瓦羅亞王朝、波旁王朝等，都是貴族之間的權力較量使然。卽使是騎士盛行時代，似俠的騎士也是貴族。法國大革命後的政權更換，就由公民選舉或軍事政變來實現了。所以，西方漢學家無法理喻由俠文化浸淫的中國皇權及現代政權的更迭。卽使已實行西方民主政治的臺灣，其立法院朝野兩黨之爭，還充滿著俠式的格鬥。儘管這些立法委員大多都留學歐美受過西方高等教育，但「集體潛意識」裏仍潛著中國古老的「俠式爭權圖式」，常常要「法先王」而無賴一通的。

未來中國大陸的民主政治，可以預測，仍會染著濃重的俠道味和黑道味，牴牾著民主遊戲規則的眞正完全實施。

五

西方人總拿著他們的「現代知識分子」的定義——他們是崇信人自身和理性自身的「觀念人」與「科學人」，總是以未來社會爲名獨立批判現存社會秩序的「批判人」(R. Aron《知識分子的鴉片》第三部)——來衡量中國當代知識分子，結果又是「不可思議」。

中共管理下的知識分子，全成了「養士」，爲中共的政治目標效忠。作家、記者負責關於黨、領袖及政策的頌歌，人文學者負責注釋偉大領袖的「最高指示」，科技專家負責製造黨的軍事及經濟目標所需要的東西。他們不是古典式的游俠，卻遵從傳統的俠倫理——爲「養」自己的黨獻出一切直至生命，將「言必信、行必果」轉換爲「理論與實踐相結合」的重諾信條。但是他們已沒有制強扶弱的替天行道的使命感，也失去了自由選擇養主的權利，眞正的「俠骨」被抽去了，是些蛻化了的「軟體無骨之俠」。當然，很多人並不願意成爲這樣的現代養士角色，因而遭到歷次政治運動的整肅，大部分人又只好就範。可是，確實也不乏眞心擁戴的養士。例如大作家、大學者郭沫若對毛澤東，確有甘爲其養士的俠風，做詩歌頌毛澤東，爲毛澤東的詩詞做注，歌頌毛的「大躍進」，寫學術專著佐證毛的新理念（如《李白與杜甫》）等。再如航空動力學科學家、大專家錢學森，不僅爲毛的軍事目標（製造洲際導彈、原子彈）出了大力，而且也爲毛的熱昏的「大躍進」獻計，提出過荒唐的「深耕高產」理論給毛。甚至在「六四」血案發生後，錢學森照樣出來效忠養主。此外還有物理學家周培元，社會學家費孝通，核物理學家錢偉長等，他們也都不顧個人的獨立人格，只是爲了表示報謝恩主給予的高官之位而爲虎作倀地效忠。其實，到了鄧小平改革開放時代，這些「大士」們起碼可以做到如巴金那樣的不吭聲，是不會受到政治迫害的；即使如王蒙那樣在「六四」後辭去部長職務表示不合作，也沒有發生人身安全問題。可是，「軟體無骨之俠」們偏要對恩主效忠！

目前，中國大陸的太子們正在設立各種名目的研究所、公司以交結效忠於自己的各路專業人才，儲蓄鐵哥兒們（近代的專業俠）爲圖未來政治目標。

目前，臺灣的大財團，如張榮發財團基金會養了一批「現代專家大俠」，作爲他所支持的李登輝政權的智囊。香港的霍英東財董也成立了基金會，正在儲備澳、港各種人才作爲養士。大陸的首都鋼鐵公司早設立了研究所，研究中國政治、經濟，超越了該公司的經營目標。這類財團基金會與西方財團基金會不同。西方財團基金會出錢者不干預研究選題及研究過程，完全尊重知識分子的獨立選擇。中國的財團基金會財董仍在扮演「戰國四公子」的角色，讓養士們的研究服從自己的目標。

總之，古老的養士之風仍在現代中國傳承。因爲當今是靠智能對象化世界，不再需要「景陽岡打虎」、「倒拔垂楊柳」的體能蓋世的古典武俠，而要各學科專家的「智俠」。中國政治家和財團都在尋求效忠於自己的「智俠」。

六

如果說中國自古至今有一個以不變應萬變的「公民宗教」的話，那就是：哥兒們義氣。從對三國時代的劉關張桃園三結義的描述到今天北京的「鐵哥兒們」、廣州俗稱的「死黨」、港臺的「結拜兄弟」，都體現了這一萬壽無疆的俠文化內容。

中國人是以血緣家族爲模型經過引伸泛化而建構社會關係及國家政體的。請看下面的泛化表：

泛化對象／泛化指稱／家族血緣	血緣外的朋友	師徒	官民	君臣	國家民族	人類
父子	乾爹乾兒	師父徒子	父母官子民	君父臣子	長爲父老幼爲後輩	四海之內皆兄弟
兄弟	同輩之間結拜爲義兄弟				全體國民泛稱爲同胞	

對於中國人來說，家族血緣之外最有價值的引伸泛化關係是結義兄弟關係。古諺：「在家靠父母，出外靠朋友（非君子之交之友，而是「情同手足」的朋友）。」古代的對天盟誓的結拜兄弟，當今有心理契約的鐵哥兒們，從這些友人身上可保證得到：共命運的親情；共享的機會；共得的方便；互相傾訴的心理安全閥；共同赴難的合力。因此，中國人最爲推崇哥兒們義氣，也就是所謂的俠義。在政治家之間，在知識分子間，在三教九流間，人人都在尋求同類人中或跨越同類人中的義結的哥兒們。一個中國人個人的能量總是體現在血緣聯結的家族背景與自已義結的鐵哥兒們和自已能量相加的三種力量之和中。檢驗一個人的道德力

量也是看他得到多少哥兒們的義助，所謂「得道者多助也」。

然而，似公民宗教的哥兒們義氣的俠文化對群體動力學卻有負面影響：中國人義結成千千萬萬小團粒，呈一盤散砂；不，比散砂還要散，因爲這千萬顆義結的小團粒不再願意再去不斷組合成更高層次的有序群體，因而散砂還有互相排斥之力，就像太陽中的互斥的帶正電的輕原子核，只有在危及每個「砂粒」生存的大動亂時代或外族侵略的滅種亡國之年，才會因這外來的極高溫度使互斥的散砂來一次「核聚變」爲重原子核，釋放巨大能量，或者產生揭竿起義的大燃燒，或者產生救亡的大光輝。

七

既然邊界模糊的俠文化至今仍然具有那麼大的活性，而且成爲我們的「文化基因」，無論它好或壞，都沒有辦法去掉它或缺少它，不然就不成其爲中國文化，不成其爲中國。如果我們想對這個灰色國粹作一點改良以適應現代政治和經濟制度的話，恐怕只能做艱難的解釋學上的解釋工程——人文的基因工程，把這個中國的「公民宗教」，來一次如馬丁・路德及加爾文當年那樣將與未來發展牴觸的天主教改革爲新教那樣，將義俠「公民宗教」賦予新的詮釋……

氣功・生命科學・半彼岸

一

到海外三年多，常讀捷生很有才情的文章，算是一次次的神會。但，從未有過聯繫。前晚，突然接到他從美國普林斯頓打來的電話，約我寫一篇關於「氣功」的文章。理由有二：一是他曾讀過我在《人民文學》發表過的描繪過氣功人物的小說，我對氣功一定是興趣不淡；二是他得知當今中國大陸入迷於氣功的人數已超過中共黨員的人數，可能是一篇文章的胚胎。大概是中國人身上的「面子文化」，我就答應下來。

一提筆就感受到了「死要面子活受罪」的報應了。

做氣功的人數超過中共黨員人數意味著什麼？難道能駁斥「新權威主義」，說可以組織起一個超中共的「氣功黨」？這是說笑話。那些被導引入「若桂月光浮，梅香暗動，鼻端妙香，不知何自；若雲中綠綺，天半紫簫，耳根幽籟，不知何來」的神仙式的氣功意念之境的人，怎麼還會去組黨？那麼，莫非找一個現成的流行的推論：當下的中國人對馬列毛的共產之道產生的信仰危機，在大行「痞子文學」、「無聊繪畫」、「一無所有流行歌曲」之時，也揀回了最早見之於《莊子・刻意》中的「吹呴呼吸，吐故納新，熊經鳥伸」的「食氣辟谷」的養生之道？如果這個推論是個眞命題，也已眾所周知，何必再寫廢話？

換個路數？理性正門進不去，換個感性的旁門如何？

二

廣西有位名叫覃堯卿的氣功師找我，說他能發功治百病，給了我不少報導和病例資料，要求我能寫寫他。

我對他說，中國的報導歷來有種超級功能，即把一切最荒天下之大唐的事寫得確信無疑。例子俯拾就是。大躍進年代，用圖片數字報導出了一畝水稻產二十萬斤的奇蹟；文革中報導了「鹵水療法」能治百病，甚至連違背醫學上異性蛋白阻抗常識的「雞血療法」也成了中國的一大發明。人上當太多了就只信「眼見爲實」了。

覃堯卿找了個患有乳房小葉增生的女醫生，在廣西一家醫院裏表演他的發功治療。一位外科主任當眾將女醫生乳房上的直徑有三厘米多的硬塊畫了出來。覃堯卿離女醫生有一米之遙，他用手掌的勞宮穴對著女醫生的乳房發功，臉紅脖粗，還伴有憋大氣的鼻聲。前後約折騰了四十分鐘，外科主任和這位女醫生同時向在場的四十多位持懷疑態度的醫務人員及我報告，三公分直徑的硬塊只剩下綠豆那麼大的小粒了。女醫生欣喜之極，她還讓幾位女護士去摸了她的乳房。女護士都驚奇地旁證確實只剩下不足五毫米的小粒了！

儘管這是無可爭辯的眼見之實，但我還是不肯確信。我要求覃堯卿再找幾位小葉增生患者發功治療。他照辦了，次次成功。這就滿足了我學理工科的人的關於眞的標準：可重複性。當然，雖眞卻無理，卽沒有任何理論能解釋這個可重複的事實。

自此之外，我對氣功萌生了濃厚的興趣，訪問了不少氣功師，親眼看他們表演絕活兒。

湖南有位農民氣功師趙繼書，能挺直身子憑空壓在一個民間打虎的戳虎尖叉上，肚皮上那個被戳的尖點居然不破！物理學家無論如何不能解釋這個壓強現象：柔軟的肚皮怎麼能承受每平方公分幾萬到幾十萬公斤的壓力!?

北京一位姓侯的氣功師，用頭去撞一塊麻硬石墓碑，墓碑斷裂了，而氣功師頭皮絲毫無損。按照物理學，硬度不同的物理相撞，受損的應該是硬度小的，所以金剛石才能劃裂玻璃，似乎氣功卻等於創造了玻璃撞碎金剛石的神話！

上海體育學院一位講師給一位做甲狀腺手術的病人發功，居然在不用任何痲醉品的狀態下開刀不覺疼。氣功有神奇的痲醉功能！

……這些氣功現象不僅眼見，而且可重複。

我又從上海的《自然》雜誌上讀到，上海核物理研究所的顧涵森發明了一個儀器，能在螢光屏上顯示出氣功師發出的「外氣」乃是帶電的微粒流，或是受低頻漲落的紅外輻射。玄之又玄的「氣」居然像不可見的電磁波一樣被儀器測成了可見的波形。從此似乎有了一個測定眞假氣功師的依憑。

中國許多大學一哄而起都成立了生命科學的研究所或人體特異功能研究所。至此，氣功在孵化著一門新學科——生命科學的誕生。

曾讓人產生過許多奇譎的聯想：

——中國產的道教，經常有一些歪打正著的偉大貢獻。煉丹，本是爲了讓人長生不死，恰恰毒死了很多人，但是，由此歪打正著煉出了四大發明之一的火藥，煉出了化學。氣功正是出於莊子的一個詩式的假定——「人之生，氣之聚也，聚之則生，散則爲死」（《莊子・知北游》），而演繹出一個養生氣功，煉出了許多超常的千奇百怪的生命功能，逼著人類去探索其機理，而有可能創立一門嶄新的生命科學。

——耗散結構理論的創立者普里高津認爲，宇宙間有條總定律，即萬物（包括宇宙自身）都是由有效能量轉化爲無效能量，即從有序到無序。但，只有生命，從種子或受精卵開始到生長發育期完結爲止，卻是越來越有序，有效能量（負熵）不斷增加，是違背所謂「宇宙總定律（熵定律）」的。當然，發育期過後，生命開始衰老至死，從有序到無序，不可抗拒地又回到宇宙總定律上來了。然而，生命在一段區間內能夠不遵守宇宙總定律，那就說明生命非常不同於非生命。那麼，用於研究非生命的物理、化學等等自然科學方法，是否能勝任詮釋生命現象？是不是首先要尋找異於當今自然科學的新範式？

多少年過去了，中國的生命科學研究很快就「走火入魔」。眞假氣功師向兩個方向集合：一是向權力方向集合，成爲高幹們延年益壽的被特別保護起來的「御醫」、「國師」；一是向金錢方向集合，沒有任何法律管束地治病賺錢，甚至又弄起巫術來，謀財害命。更邪門的是，一位參加採訪南朝鮮漢城亞運會的記者透露，國家體委，聽信一些氣功師胡吹，說：氣功師向中國運動員發功可以創世界紀錄，如果朝外國運動員發功還能破壞他們的成績。於是，中國代表團暗藏了幾個氣功師，想以此旁門左道獲勝。氣功變成了「國巫」。結果是和道士作法害人一樣，完全無效！

何等的中國特色的生命科學啊!

三

廣東花城出版社在簕箕窩水庫風景區開筆會。我和鄭義就是在這個筆會上初識的。被邀的作家中有位名叫江波的,大家都說他是神奇的氣功師。神在不僅能立竿見影地在近處治各種疑難雜症,還能給千里之外的任何陌生人診斷和治病。他畢業於上海戲劇學院,是蘇軾式的知識分子氣功師。蘇軾只能管自己養性袪病,而江波稱,不僅治好了自己的垂危的肝病,還能爲所有世人除病。他的方法與其他氣功師不一樣,首先是慧眼查不正常的「附著信息」,然後由他發功將致病的信息去除,病卽痊癒。例如,《作品》雜誌一位副主編的妻子患頭疼症,江波診斷是她身上附著了已故的老祖母的「信息」。江波不是像平常那樣用手掌勞宮穴發功,而是在女患者肩上用雙手去「抓」了幾把,「抓」時雙腳騰空地跳著,然後,走到木門處,作「抓」形的十指擊門五、六下,最後江波解釋:「我把你老祖母的信息抓出來封到木門裏去了,入木五分,你的病就好了。爲什麼老祖母的信息會附你身呢?老祖母特別鍾愛你,你離家後她日夜想念你。人想念時就會發出一種快子(超光速的基本粒子)向被想的人積聚，因此你身上有你老祖母的信息。人死了，信息還在。你老祖母生前有周肩炎的病，因而那信息也使你感應出肩疼症。」花城出版社總編輯李士非患有哮喘病，江波也以捉信息的氣功療法治療之。

筆會的成員大多數人愛游泳。晚飯後，夕暉把水庫染成夢中那般不定的玫瑰紅，我們每日傍晚就暢遊在這玫瑰夢中。一天，江波對大家說，他發現了水庫中有幾個被淹死人的「信息」，勸我們不要再下水。作家馬宗啟、趙大年下水後就喊救命，應驗了江波之說。只有我和鄭義不信，每天游一個多小時，邊游邊聊，互補了許許多多文學信息，始終未有淹死鬼的「信息」相擾。江波解釋說：「我和鄭義都是發射型的，很強地朝外發信息，其他外來信息附著不上。」哈，這就意味著我想念誰就害誰，因爲我患過很多病，只要發射信息，想誰就把病信息傳播給誰了；鄭義想誰誰就健康，因爲他會把體壯如牛的信息發射給被想者了。鄭義可開個「想念公司」給人治病與延壽！

然而，士非的哮喘照樣喘，那位女患者的頭照樣疼。可是，江波的「氣功．快子信息論」的信奉者只多不少。說實話，江波絕不是江湖騙子，他眞信自己的信息論，也從未見他以「捉信息」謀利。

憶起那段感性的幽默的往事，使我發現，中國知識分子對氣功很有緣，寧可信其有。縱使氣功又精神返祖到方士們的巫術也能包容，還盡可能牽強附會地設計一點知性的（莊子的「氣說」）或現代科學（江波的「快子信息論」）的包裝。在花城筆會上，也是大多數作家「寧可信其有」的。這，是不是可以把氣功當作一個中國文化現象來考察？

從老子開始，就建立了一個「詩性智慧」的宇宙觀，提出了一個創造宇宙的東西：道。道就是「無」，「惟恍惟惚，惚兮恍兮，其中有象，恍兮惚兮，其中有精」，是它生成宇宙萬物，其過程是：「道生一，一生二，二生三，三生萬物，萬物負陰而抱陽，沖氣以爲和」。從這兒開始，中國人就有了一個「惟恍惟惚」地解釋宇宙萬物的理論，這個理論中的核心是「道」、「陰陽」和「氣」，這三者的關係是：道生一（氣）；一氣分清濁；清氣上升爲天，爲陽；濁氣下降爲地，是陰；人是天地之合，有陰陽二氣運行。

莊子大大發展了「氣」論，曰：「人之生，氣之聚也，聚之則生，散則爲死。」我無法考證是不是莊子發明了氣功，但是，他最早描述了氣功的方法（「眞人之息以踵，眾人以息以和」），最早肯定了氣功的功能（「抱神以靜，形將自必靜必清，無勞汝形，無搖汝精，乃可以長生」）。如果說老子確立了「清靜無爲」、「滌除玄覽」的道家哲學，那麼，莊子找到了一個在現實人生中隨時能「逍遙出世」的氣功之法。猶太教、基督教、佛教、伊斯蘭教都給人創造了一個極樂的清靜的由神主宰的彼岸。古中國沒有這樣的「彼岸」，老莊創立了在現世求出世的「半彼岸」。這個「半彼岸」不是由神主宰，而是由認同了道家價值觀的人主宰。通往這個逍遙樂的彼岸的具體而有效的方法就是氣功。

中國知識分子從老莊、孔孟開始就左右逢源、進退自如了：達，則儒，「天降大任於斯人也」；阻，則道，托氣功進入「不食五穀，吸風飲露、乘雲氣、御飛龍，而遊乎四海之外」的意念所造的「半彼岸」之境，養性延命。西方知識分子沒有這個「半彼岸」，失意潦倒之時只有自殺而往「天國彼岸」。從概率統計來看，中國知識分子因有「半彼岸」可棲避，自殺者的比例就小得多。卽使在空前的知識分子大劫——「文革」——中，知識分子自殺率也是很低的。還要特別指出，那種「功成身退」或功敗隱居的「半彼岸」，還被老莊哲學賦予比奮鬥進取更高尚的倫理光環：高雅脫俗、曠達清朗、飄逸超拔……因此，從老莊直下二千多年，這種「半彼岸」一直爲中國知識分子特別稱頌。氣功的養身之道在中國知識分子中也特別流行。縱使是道教把氣功之道弄成了巫醫色彩，中國知識分子亦寧可信其有，至多是半信半疑，很少有人出來用知性去證僞。

好了，如果把氣功當作中國文化現象來觀照，我似乎理解了在花城筆會上爲什麼有那麼多文人「寧可信其有」了。現在，把嚴新的語言暗示兼催眠術鼓吹成向萬人發功治病的神奇氣功的是中國知識界；把從未練過氣功的張寶申的種種天生的人體特異功能拿來做氣功廣告的是中國知識界；把各種用現代科學包裝下的巫化氣功加以渲染鼓吹的也是中國知識界。這些現象，在歐美是不可能發生的。

也許有人發問：同是中國文化傳統，爲什麼臺灣、香港的知識分子沒有像大陸知識分子那樣對氣功如此狂熱？

這可能要從「共產文化」和「共產末世情結」去找原因了。

共產文化通過造神及文字獄兩個手段，把知識分子訓練成只會對馬恩列毛的話進行證實，像基督教徒和佛教徒那樣的「注經思維」。這種思維把人最富原創力的證僞能力給閹了。因此，在中國大陸幾十年來從最荒唐的畝產二十萬斤水稻，到五百年才出一個的毛澤東從不犯錯誤，都能被中國知識分子莊嚴地證實，在當今世界是絕無僅有的，這種「注經思維」定勢，當然會給眞假氣功以莊嚴的注釋。

自從「文革」之後，連中共也發現中國出現了對共產主義的信仰危機。東歐、蘇聯的共產制度徹底解體之後，包括大多數共產黨員的絕大多數中國人都知道中國的共產體制已臨末世。鄧小平的經改，使一部分人轉信西方的「物質的英雄主義文化」，而卡入「拼搏—賺錢—物質享樂」的最夠刺激的物欲齒輪傾軋之中，而大部分賺不到錢的人，尤其是知識分子就更加重了末世情結，其症狀是「沒勁但又不想死」。這時，通過氣功而進入老莊的「半彼岸」的逍遙、延壽之境，當然就成爲知識分子的最愛了。通過知識分子主導的媒體對氣功大肆渲染，就把只能維持基本生存的雖無發財希望但有長命百歲之求的一大批市民導引進氣功熱潮之中。

但是，人，歸根結柢，他是屬於此岸的。

四

有一天我面對巴黎人的愛犬「貴婦人」忽發奇問：人和小狗的生命到底有什麼不一樣？

人和狗有一點是一樣的，要完成生命，這是生命的無目的目的性。凡生命都本能地盡可能地延長壽命。

人，要享受生命。所謂享受，就是在完成生命的過程中要節能，如發明汽車、飛機、洗衣機、電腦等等，讓人少費力費神。所謂享受，能更好地滿足感官要求（包括審美需要），如美食爲味覺，空調爲膚覺，美人爲性感，音樂爲聽覺，電視爲視聽的審美所需等等。小狗不會也不能做到享受，一切由環境宿命地決定。人和狗在這個生命層次上分開了。

人離狗更遠的生命層次是表現生命，表現出有一種創造力，或創造讓人節能、讓人溫飽的物質，或創造滿足人特有的審美要求的藝術及人理解自身的哲學等等。

狗：完成生命；人：完成生命，享受生命，表現生命。

小狗不會做氣功。人發明了氣功，有助於更好地完成生命，可以一時地紓解壓力、消除煩憂完成生命，也可說是在心理層面上有助於享受生命。

那麼，做氣功者，至多是一・五個小狗生命，到一個完全意義上的人還差一・五倍。正因為這一點，請相信，中國大陸超過中共人數的氣功迷不會甘願只在小狗生命意義的一・五倍之上的……。

一九九三・一・十九・於巴黎

靈魂工程被專家們瓜分了

——文學之花的「葬花詞」之一

一年三百六十日，風刀霜劍嚴相逼。

——《紅樓夢》林黛玉〈葬花詞〉

自古以來，文學家頭上一直有一頂光芒四射的桂冠——「人類靈魂工程師」，可現在，這桂冠被一大群文質彬彬的強人搶了去瓜分了！

這一伙強人就是當今「信息社會」中的多學科的專家們。連作家自己的靈魂也交給專家們分治了。

風光不再，風景不在。

編纂中國第一部詩歌集《詩經》的孔子，他是最早有文字記載把「靈魂工程師」桂冠送給詩人的，曰：「小子何莫學夫詩？詩可以興，可以觀，可以群，可以怨。邇之事父，遠之事君，多識於鳥獸草木之名。」哇啦啦，詩對於人類靈魂的塑造有多麼偉大的能量啊：興，能激勵志氣；觀，能觀察天地萬物及各國盛衰；群，能使人合群，共擔「天降大任」；怨，懂得怨而不怒地有分寸地向上司進諫，當好幕僚。孔子斷言，人的靈魂經《詩》三百篇這麼一雕琢，近就能待好父母，遠可以事逢君主，完全駕馭了當時光榮立足於人世的「君君臣臣父父子子」之道。孔老夫子還加了一個詩的功能：詩能教人多識草木鳥獸之名，讓人博學。至此，孔夫子還覺得沒有能完全表達詩對人的靈魂工程之功，於是，又在談到教育時以反問的句式肯定詩教還有培養出治內政、辦外交能力的大學問：「誦《詩》三百，授之以政，不達；使於四方，不能專對：雖多，亦奚以爲？」呵，大概正是儒家始祖對《詩》（擴延至爲文學）作出如此全能的評價，所以在中國古代選拔官員的科舉考試中，以考文爲主，中了狀元而能立即居高官者，都是文學和政治的混血兒。留名於中國文學史的，絕大部分是歷代官員。能詩善文者定能治天下！

在與孔子差不多是同時期的古希臘人也所見略同。古代希臘神話、荷馬史詩、三大悲劇家的戲劇以及音樂，都是古希臘人的主要教材。詩人是公認的「教育家」、「第一批哲人」、「智慧的祖宗與創造者」（引自朱光潛《西方美學的源頭》）。比孔子小一百六十七歲的亞里士多德，認爲藝術乃是神一般的創造，「使一種可存在也可不存在的東西變爲存在的。」（《倫理學》）他還說：「歷史家描述已發生的事，而詩人卻描述可能發生的事，因此，詩比歷史是更哲學的、更嚴肅的；因爲詩所說的多半帶有普遍性，而歷史所說的則是個別的事。」（《詩學》）

假定，孔子和亞里士多德像耶穌一樣復活了，再假定他們有「學而不厭」的接受各門新學科的治學態度，還假定他們有「三人行，必有我師」及「不恥下問」的尊重民意精神，他倆還看到他們給文學家頭上戴的有靈光圈籠罩的桂冠嗎？

寫過《論詩人》、《論公道》、《論財富》、《論靈魂》、《論科學》、《論屬與種》、《論動物》、《論植物》、《論運動》、《論天文學》、《論磁體》、《論尼羅河》、《解剖》、《政治理論演講集》、《修辭藝術》、《定義》、《演繹》、《形上學》、《尼可馬卡斯倫理學》等五十巨册，涉獵一百五十多個學科的亞里士多德，在閱讀了他所專攻的當代各學科的專著後，臉紅到耳根，說：「孔老先生，我發現我的那些理論成了中學生的常識，現代學者們寫的東西我都看不懂了。最爲重要的是，現代學者不像我那麼貪心地一生涉獵幾十個學科，而他們畢生只攻一科甚至是一個學科的分支，不再當我那種博學家而轉變成專家。由此推演到當今的詩人和作家們，他們不管寫什麼，都和我一樣，只能是常識，寫到政治，不會有超過政治學者的見解；寫到作家的『專利』──人的情感，現在也敗給了各種心理學派尤其是精神分析派的高見了……如此這般，詩人和作家怎麼還有資格戴上古希臘的「教育家」、「第一哲人」及「智慧的祖宗」的桂冠？我曾說過，詩比歷史更哲學；現代的作家都是流行什麼哲學就寫什麼故事，成爲哲學的圖解，因爲他們不可能成爲超越哲學「專家」的哲學家。孔老先生，您有什麼感觸？」

主張「一日三省」的孔子經三省後對亞里士多德說：「亞氏小弟，我們所見略同。我以前認爲《詩》可以興、觀、群、怨，放在現代，我卻成了超級吹牛家了。興，相當於現在的創造學、行爲管理學；觀，包容了當今天、地、生、數、理、化等各種自然科學的總和，還加上史學、政治學、社會學等人文科學；群，等同於公共關係學、社會心理學；怨，類同於祕書學，任何一位天才詩人及作家不可能寫出超過上述這麼多學科的當代專家中的任何一位的水準，別說是這麼多學科的總和了！我發現現代人同咱們那時代的人不同，他們不再法先王，對國王總統的話不是當作金科玉律，而常常當作批評的靶子。現在再沒有大眾崇拜的全能的宗師了，只崇拜各個學科的專家的意見。衣食住行、柴米油鹽醬醋茶、七情六欲、修身齊家治國平天下等等，全都以各方面的專家的話爲準繩。我說過『食色性也』，食和色全是人的本能，不用學就會，現在甚至連男女交媾也得靠性專家指導！作家還能說什麼吸引人的、令人佩服的話？因爲作家也得聽專家的話，連做愛、生兒女這樣不學也會的事也得向專家請教。其實每個專家也只深知自己那非常非常窄小知域的一門，其他（有關人生靈與肉的其他廣闊知域），都由其他專家發號施令。現代人從肉體到靈魂，由千百個學科的專家瓜分去治理了。亞氏小弟，我是不主張談什麼『怪、力、亂、神』的，但是，被逼得沒話可說的作家們現在只好大談怪（誕）、（暴）力、亂（倫）和神經兮兮的精神變態及性變態了。我不能責備他們，不能……」

——孔子和亞里士多德不得不容忍「專家集合」這個團伙把作家、詩人頭上由他們加冕的「靈魂工程師」桂冠搶去了！報警也沒用！

然而，現代作家、詩人的自我感覺並不像孔、亞二氏那麼沮喪，而且會笑孔、亞陳腐：「請注意，批評文學的標準變了。今天的文學是寫作家獨特的自我，寫我的獨特的夢。原型批評家加萊說，文學是以文字敍述爲儀式而展現人類的夢。我不是要告訴讀者超專家的知識，文學作品裏只有作家的美夢或惡夢。如此而已。」

話音剛落，釋夢專家弗洛伊德從歷史中跳了出來反駁道：「夢是什麼？夢是被理性壓抑的欲望在睡眠時從潛意識中突圍出來而使欲望得到僞裝的滿足。由此可見，夢與理性相關，與欲望相關，而當今人的理性與欲望全是在各學科專家綜合治理下形成的。如果你從專家那裏得來的和常人的相似（因爲教育和大眾傳媒相似），那麼，你這位作家的夢將和常人相似。人人都會做夢，何以要讀你的夢？」

逼得走頭無路，只好各尋旁門左道。嚴肅作家就靠弄亂時空、弄亂語言，寫下一些天書般無法解讀的文字，以僞裝地顯示自己寫了一個高深莫測的夢，誘讀者起敬；通俗作家則盡可能杜撰怪誕夢、變態夢、凶殺夢、性倒錯夢以磁吸讀者，讓他們吃一頓「文學快餐」以塡空沒法看電視肥皂劇的無聊時間。

眞正時興的、雅俗共賞的、令人起敬的倒是各著名專家的傳記及回憶錄，如大物理學家愛因斯坦傳、大電影明星夢露傳、大舞蹈家鄧肯傳、大畫家畢加索傳、美國總統們的回憶錄，甚至大法西斯專家希特勒傳等等，因爲他們在自己所攻領域具有最高智慧，他們的人生方式，他們的感悟，他們的夢，都成了當今常人或別個領域裏專家們憧憬、好奇而又不可企及的超常之夢。讀這樣的眞實的「夢」，既能陶冶，也可消閑，比讀得大獎小說、戲劇、詩歌作品所獲更多，所耗（精神）更少，符合馬赫的思維經濟原則：小閱讀量，大信息量。哀哉，難道當今小說家、戲劇家、詩人若識時務應該全改了行去開「傳記寫作公司」？

往日的詩眼瞎了？

——文學之花的「葬花詞」之二

日曆顯示的巴黎之春。

因懷春而讀南唐大家馮延巳的〈謁金門〉，借來馮氏之眼觀春：「風乍起，吹皺一池春水。閑引鴛鴦香徑裏，手挼紅杏蕊。鬥鴨欄干獨倚，碧玉搔頭斜墜。終日望君君不至，舉頭聞鵲喜。」

讀畢擡眼一看，大驚大愕：巴黎無春！所有現代大都會沒有馮氏眼中之春！一池春水、鴛鴦、香徑、紅杏蕊、鬥鴨、喜鵲等等春容在哪裏？

大自然是不是被使我們越來越舒適的人造「第二自然」（康德語）擠到歷史中去了？公園，不是大自然，更像是被擠進歷史的大自然的博物館，像收藏出土文物一樣收藏剃平的綠草池、修剪成幾何形狀的樹以及經人工嫁接培養出來的各種花，還有水池噴泉、亭臺假山等等，是歸納化了的自然符號的集合。人們在假日帶著合家的天倫之樂來，爲的是滿足一下流行的「回歸自然」的精神消費需要，爲的是多吸上幾口被專家們稱之爲「多氧多負離子的營養空氣」。秀色眞成了可餐之物。哪還有人去品「吹皺一池春水」的「皺」字的高妙？無心也無情。不錯，每家都種上幾盆花木，那也不過似案上擺的小古董一樣，把遠離了的東西象徵地拉近一點而已。

被稱爲「偉大的情人」因而寫出「偉大的愛情詩」的法國浪漫主義詩人繆塞，他寫過一首〈淡淡的黃昏星〉，詩人凝視黃昏星發問：「星子，在這無邊的夜裏，你想上哪兒？／你是否想在蘆葦叢中的岸邊尋張床？／或者趁此寂寂時辰，如同珍珠，／美夢般地躍入深水之中？／呵，假如你該逝去，美麗的星子，／假如你的頭朝大海垂下金髮，／在離我們之前，請停留片刻；／愛情之星，不要從天上隕落！」在輝煌的巴黎之夜或所有璀璨的大都會之夜裏，繆塞的星空不復存在，雖然顆顆星子全在，並未隕落，但「朝大海垂下的金髮」全被剪去，只剩下顆顆昏暗的禿頭。人們被引去「瘋馬」、「紅磨坊」、「麗都」等夜總會，或去迪斯可舞廳，或去卡拉OK，消費由繽紛強光、振聾節奏及美豔胴體激發的感官亢奮。

縱使是去遠離都市的冬日的阿爾卑斯山，銀裝素裹依然如古，進入眞正的大自然，但是，由於現代人與大自然久久的疏離，再加上三百年來工業文明對大自然殖民給人類所帶來的大惠，使得他們不再把雪景當作觀賞對象，而是習慣地把雪當作滑雪體育項目的一個器具，就像足球運動的綠茵茵的球場一樣。他們再不會有「白雪卻嫌春色晚，故穿庭樹作飛花」的韓愈的詩眼所見，更不會對著阿爾卑斯山吟唱「拂戶初疑粉蝶飛，看山又訝白鷗歸」的〈白雪歌〉。人們的觀賞對象是自己的技能——借雪的塡充及潤滑，再借山高的物理勢能，非常富有冒險刺激地猶如蒼鷹俯衝般地凌空滑下。雪不過是自己施展技能的可利用的材料。

唉唉，人類的詩眼蛻化了、瞎了。

回首問擺進「人類博物館」裏的「詩眼」：「你是怎麼長成的呢?」

「詩眼」回答：「第一，那時，人和自然那麼貼近，朝夕相處，自然對人的施予（如春風明月）或損害（如雷雹烈日）都引起人的愛與憎的體驗，因此，那時的自然是天人貼近的情感化自然。第二，那時人們從古老的泛神論那裏借來想像力，極容易把自然萬物人格化，所以，那時的自然是天人合一的擬人化了的自然。第三，無論何時何地何人，人對自然的感覺是相近相似的，桂花誰聞都香，你看夕陽是紅的，他看不會是綠的，誠如中國孟子在兩千多年前發現的同美機制：『口之於味也，有同嗜焉；耳之於聲也，有同聽也；目之於色也，有同美也。』這種對自然同感同美的基礎，就使得自然能成爲人際的傳達交流的媒體。上述三條就把我這詩眼造就了：我對貼近的自然有愛有恨，我生活的人世有愛有憎，但我不直接訴說人世的愛憎，而是通過描述對自然之情含蓄地、朦朧地、曲折地、因而有審美距離效應地移入人情世事，繪景抒情，狀物言志；讀者呢，則通過孟子的同感同美機制能從繪景狀物中解讀出作者的寓情蘊志，並能在朦朧意境中把讀者的超越作者之意的詮釋充塡進去，完成了詩的接收美學和解釋學哲學的『寫—讀』過程，也就造出了所謂的『詩眼』。李白的〈玉階怨〉『玉階生白露，夜久侵羅襪。卻下水晶簾，玲瓏望秋月』，詩中無一『怨』字，但白露、濕羅襪、冰冷的水晶簾以及呆望秋月的人，道出了深宮長怨。這般大家詩眼，都是托上述人和自然的三重關係之賜，才能『不著一字，盡得風流』。可是——

可是，我們高度的物質文明，使我們快樂地疏離了天人貼近的情感化的自然。可是，我們高度的「工具理性」，使我們成功地把天人合一的人格化的有靈性的自然，肢解爲可控的物理學、化學、生物學、經濟學、社會學、核物理學、數學……等千百種學科的無情的認知。可是，人雖然有對自然的在感官上的同美同感，但是，由於現代人與自然疏離而無緣，那同美機制也就失去了用武之地。還有一個「可是」，可是我們的生命時間裏溶入的活動已高度飽和，逼得人們吃快餐、開快車、快思（借電腦每秒鐘運算億萬次）、快說、快寫，那還有「爲求一字穩，耐得半宵寒」的農業社會人的時間奢侈去創造「詩眼」？卽使有位中六合彩贏得億萬財富的詩人，有條件像賈島一樣去慢慢將「鳥宿池邊樹，僧敲月下門」中的

「敲」是否改爲「推」，因而推敲出「詩眼」來；然而，讀者卻沒有那個閑功夫去品評「推」、「敲」二字中何字爲「詩眼」了。

那麼，「詩眼」能否在人造的「第二自然」中重建呢？人造衞星比一等星金星（繆塞詩中的黃昏星）還璀璨，可是現代人們當看到人造衞星飛過時，不會像杜甫那樣吟哦出「星垂平野闊，月湧大江流」的，因爲人們看到人造衞星馬上就想到它的通訊、偵察、電視轉播等等實用功能，不會當作審美對象，再者，人早已通過科普讀物盡知其構造及在地球軌道上飛行原理，沒有杜甫時代的人對星的神祕感，當然就不可能賦予其靈性——稱此星爲牛郎，稱那星爲織女了。

文學家能否與環保大軍聯盟讓人類再「回歸自然」呢？這個時髦而誘惑的口號，如同古中國的方士們許諾讓秦始皇「返老還童」一樣，是美麗的彌天大謊。要人類回歸自然，就是返回人類的童年。不錯，人類在征服自然中遭到了破壞人的生存環境的惡性報應，但是確實給人帶來了巨大的眾多的物質和精神的享樂。兩害相權取其輕，回歸石器時代人的大自然之害遠大於當前的環境之害，何況，人還自信著有改善污染環境的「科學能力」，再何況，每個人的生命短暫，決定著人類永遠採取「當下高於未來」的價值取向。君不見，有著高速轎車和直昇飛機的世界各國大富豪也只是將住宅搬到城市遠郊或海邊，有誰眞的去了原始叢林和大洋孤島？他們連當年白居易結廬於廬山五老峰下的回歸自然的標準都遠沒有達到。

凡此種種，人類疏離自然是文明進展的使人圖得越來越多當下大快樂的不可逆的程序，也是與未來賭博物種存亡命運的程序。過去的以自然爲抒情言志載體的詩眼在快活的無奈中蛻化了，瞎了；可今天的文學家又到哪裏去尋找新的詩眼呢？

性權力分配的底蘊解讀

一、性權上的四等級

公元前二十世紀，古印度的種姓制度把人分爲四個等級——婆羅門（祭司等）、刹帝利（武士和官吏）、吠舍（農民、手工業者、商販）、首陀羅（奴隸、雇工）。

公元後二十世紀，中國有一位高幹子弟把「毛澤東時代」的性權力分出四個等級。他說，同樣的非婚性行爲，發生在四類人身上，有四個專用詞組：

工、農等無官第四等級者，謂：「流氓行爲」。

一般幹部、知識分子（從學生到教授）等第三等級，謂：「亂搞男女關係」。

省、軍級以上幹部的第二等級，謂：「生活小節」。

毛澤東等第一等級，謂：「工作需要」。

這位能眼觀到中南海深宮至窮鄉陋巷的高幹子弟，對他做的性權力四等級歸納還做了些詮釋。他說，中共歷來不談婚內性行爲，主張只幹不說；如果有人樂談自己同老婆的房事，若在正式場合，會被斥之爲「資產階級腐朽思想」，若是寫成文字，就成了「資產階級黃色內容」了，必遭口誅筆伐無疑。非婚性行爲這個詞很含混。婚前性行爲也屬其中，兩學生談戀愛就發生了性關係，若被發現，那是肯定要受所謂行政處分（如記大過）或受團內、黨內的紀律處分（如果是黨團員的話）。對於高幹及其子弟來說，誘姦、逼姦甚至強姦，也放在非婚性行爲之內，不會放在犯罪行爲內考慮的。總之，非婚性行爲的內涵非常寬泛，就像「非紅色」包括橙、黃、綠、青、藍、紫等一切顏色和複合色一樣。

他界定了「非婚性行爲」之後開始對四等級進行實證性的解析。

他說，無官無黨團籍的工農大眾或街頭無業青少年等，他們要是同老婆外的女人有性行爲，即使是雙方願意的，也會稱之爲「通姦」。姦者，流氓行爲也。如果「通姦」對象（即情人）多了幾個，就有可能被劃分「地富反壞右」中的「壞分子」，成爲群眾專政（監督勞動和不定期批鬥）的對象。那些街頭上的小混混（無業、失學青少年），若有強姦婦女的行爲，肯定會以流氓犯論處，判以重刑，甚至槍斃。近年來搞了幾次「從重從嚴從快打擊刑事犯罪分子」，就殺了一大批青少年強姦犯。綜合上述，第四等級是被嚴厲禁止有非婚性行爲的等級。

由省軍級以下的一般國家幹部構成了第三等級。爲什麼把知識分子也歸屬這一等級？幹部制度規定，從助教以上至教授也算爲國家幹部，並有個對應級別標準。在毛時代，講師相當於科級，教授相當於處級（在軍中是團級，在政府是處級）。倘若愛因斯坦教授當年來中國，如果他只當純粹教授，不兼政協、人大或政府內的官職，那麼，他只能獲得處級待遇！愛因斯坦：正處級！知識分子最高頂峰也就是縣太爺那一級。到了鄧小平時代，爲提高知識分子待遇，把教授對應於廳局級了。但也還達不到第二等級省軍級。第三等級者若有非婚性行爲（如婚外戀，包括誘姦、逼姦下級），被判爲「亂搞男女關係」，會受到降職、降薪或黨紀、團紀處分。在極端情況下，爲平民憤，曾把北大荒逼姦下鄉女青年的小幹部處以極刑。一對該等級中的知識分子的處置比官員更嚴厲些，因爲知識分子難找官官相衛的上級靠山。一些教師、教授只要對學生有性騷擾行爲就要受到處分了，研究機關的知識分子同樣如此。對知識分子的處分方式還有調離原職下放去工廠或農村去從事苦力勞動。

到了第二等級，就獲得了非婚性行爲（包括逼姦和強姦在內）的豁免權了。「文革」中揭老底的大字報，才把這一等級人的性醜聞曝光。武漢軍區司令員陳再道上將，強姦了多名女護士，司令員照當。海軍司令員蕭勁光與兒媳亂倫，無人查問。國家副主席高崗、上將陳士渠公開養小情人，不會影響地位。林彪之妻葉群還曾勸過高崗之妻要想得開：「我們女人的地位是由男人的政治地位決定的。」高崗的垮臺是因爲他反對劉少奇（此時劉正受毛激賞），因而犯下「反黨罪」而走上了自殺之路的。第二等級的非婚性行爲被正式命名爲「生活小節」，是出自林彪對劉亞樓的評價。一九六六年六月「文革」之初，空軍召開第四次全會，副司令員劉震在這個會上揭發已故司令員劉亞樓「作風糜爛」，藉此想搞掉劉系人員（包括空軍政委吳法憲）。葉劍英元帥代表軍委參加這個會。在男女上最風流的有「花帥」之稱的葉劍英以護劉亞樓的立場將劉震的發難向林彪副統帥匯報，林彪聽後說：「劉亞樓雖有男女之事，但那是生活小節，他的大節是忠於毛主席的；劉震雖無偷雞摸狗的事，但他的大節不好，想奪空軍的權，是反黨反毛主席的。」葉劍英和林彪這段對話寫成軍委文件，經毛澤東批閱同意向下傳達，劉震就被打倒了。那位厭膩了蘇聯老婆的劉亞樓，確實到哪個軍區都要爲他在文工團選出美女演員供他享用（不管這些女演員是否願意），這樣的性強暴者反倒獲得了「大節好」的巨大哀榮。正因爲該等級獲得了「小節豁免權」，所以，用那位高幹子弟的話說，「揭開這些人的被窩，沒有幾個不偷腥的」。

第一等級應該是毛、劉（少奇）、周（恩來）、朱（德）、陳（雲）、林（彪）、鄧（小平）等七位在中共執政後至「文革」前掛肖像的人物，毛後面排的六位在「文革」中有三位被打倒，三位被冷落靠邊。但是「文革」的大揭露，對後六位並未揭出什麼「偷腥」的事。劉少奇有五任妻子，其更換都是合法的。毛澤東號召別人要當「高尚的人、脫離了低級趣味的人」的「偉大領袖」，在死後卻被若隱若現地揭示出來有著許多「偷雞摸狗」的風流事。例如，毛澤東用詩詞高度讚美的第一任妻子楊開慧，當她還在國民黨牢裏日夜思念毛澤東時，毛卻在井岡山與賀子珍燕好了。毛到了延安，突然迷戀上了電影名星江青，就把共同走過兩萬五千里的共患難的戰友兼夫人賀子珍給休了送去蘇聯。據大婦產科專家、江青的保健醫生林巧稚透露出來一個消息——在批「四人幫」時，她給中央寫了一封信，信中寫道：「揭批江青的政治罪行，我完全擁護；但是，說江青有多少不正當的男女關係，那是不符合事實的。我是她的婦科保健醫生，病歷上寫著江青五十年代就患了子宮頸癌，去蘇聯治療，切除了子宮，並用鈷進行過放射線治療。癒後的江青就不再有性功能了，怎麼還可能有男女關係之事？」林巧稚在江青已成囚犯之後說這番話看來是可靠的。這倒給毛澤東五十年代後的種種風流事做了一個生理學上的註腳。那時毛才五十多歲，憑他的體魄，該是性力正旺。江青失去功能讓他怎麼辦？越來越想當世界革命領袖的他，爲塑造光輝形象，不能再休掉病妻而再娶了。爲了不受「里比多」壓抑之苦，只好讓汪東興給他不斷選進年輕美貌的「機要祕書」、「生活祕書」作爲性伴侶，以保證「偉大領袖」日理萬機。這樣的事當然瞞不過江青。江青手上就握有制約毛的王牌。在「文革」的政治局會議上江青敢當毛澤東的面大吵、甩帽子，毛澤東對她無奈，恐怕與這種「王牌」不無關係。再把話題扯回頭：何以證明中共把最高領袖的婚外戀認爲是「工作需要」？其實誰也沒有說過這樣的話，是通過一樁具體的「情案」處理而體現出來的。五十年代，公安軍文工團有位女演員名叫李勝利，陪毛澤東跳舞時被毛看中了，馬上調進中南海毛的身邊當祕書式情人。可是李勝利已有丈夫。這時由組織出面找李勝利和其夫「做思想工作」，爲了李勝利專心協助偉大領袖的工作，動員他們離婚。果然李勝利離了婚，爲毛「性服務」幾年，當毛另有新歡後，即調出中南海到北京市文化局工作，給予處級待遇。從李勝利與丈夫離婚的理由，體現出了毛澤東的非婚性行爲是「工作需要」。

本文引用某位高幹子弟的「性權四等級說」，不是爲了揭示一點鮮爲人知的中共高層桃色內幕，也不是從倫理學角度重複卜迦丘《十日談》的主題，而是爲了解讀「性權力」的底蘊。

二、性權與特權

在自然界，性交配權就是有等級的。猴王享有最大的交配權。經格鬥而贏了的雄熊貓、雄獅取得比敗者更多的交配權。大自然這個性等級設計，是爲了物種優生。凡取得最大性權力的，一定是該物種中具有最佳遺傳基因者，由它交配傳宗接代，會得到優質機體的後代。因此，在猴群裏的性權力前，是不能、也不該「猴猴平等」的。

在原始部落裏的對膂力超眾者的「英雄崇拜」，使英雄得有更大的交配權，也還有優生的意義。然而到了世襲王權時代，就失去了優生的意義了，因爲國王、皇帝不是人種中的最優遺傳基因具有者。統一六國的一代雄傑秦始皇，將六國國王的宮妃全部擄去集中在阿房宮裏，他獲得了對近萬名美女的交配權，可是他的基因極差——《史記》中記載他患有羊癲瘋、骨骼畸形（鷄胸）等嚴重疾病。在王權時代，性權力已經轉換爲政治權力的標誌了。中國儒家是倫理中心的學說，是爲皇帝治好天下出謀策劃的學說，提出「爲政以德」、「仁者愛人」、「溫良恭儉讓」、「正己正人」、「克己復禮」等政治道德化的主張，但從沒有一條勸皇帝節制性欲的。卽使是宋儒提出「存天理、滅人欲」的主張，也沒人勸皇帝不搞三宮六院。其實，儒家十分明白，中國歷史上因皇妃及外戚弄權而丟了江山的不乏其例。爲什麼儒家不提減少皇帝性權力？大概他們理解性權是皇權的標誌，而性自由又對皇帝極富吸引力，碰性權等於是犯上作亂，必誅無疑，於是歷代鴻儒識時務避而不談了。中國歷代帝王無償地在民間徵選美女進宮爲妃，成了一個堂而皇之的制度。連農民起義成功的皇帝朱元璋也不例外。太平天國的洪秀全借基督教教義創立「拜上帝會」起事，本該遵守該教的一夫一妻制的，但是他在南京坐上天王寶座後就有九十多名嬪妃。

在歐洲，中世紀的蘇格蘭、法國、德國有明文的法律規定，封建主和貴族享有農奴新娘的新婚第一夜性交權，史稱「初夜權」。

爲什麼帝王該享有這麼大的性權？也還能說出一條理由：與封建世襲制的政體有關。皇帝占有的女人越多，生子的機率越大，以保證「龍脈」不斷，世襲王位後繼有人。

當王權制被摧毀代之以民選總統後，總統必須遵守一夫一妻制了，不但不再享有性特權，而且比一般民衆受限制更大。經過一場「性革命」之後，普通人若有婚外戀，純屬個人隱私，任何人無權干涉。可是一位美國總統競選人，若有婚外愛被揭發出來，連競選資格都沒有。有位總統若發生非婚性行爲，會作爲一樁大醜聞被揭露出來，使其不得不辭職。在民主制下，最高統治者不再擁有性特權，甚至比平民的性自由更少。

放在這個從猴王到帝王到總統的性權參照系上對照中共的四個性等級，其第一、二等級上的高層統治者「只幹不說」地把帝王和貴族的性特權暗暗地拿回來了，成爲超道德、超法律的特權。對於第三、第四等級上的人爲什麼要採取嚴厲的性管制呢？因爲控制意識形態的需要。中共的意識形態專家們，把發達國家的性開放、性自由作爲「資產階級腐朽思想表現」，當然得上升到階級鬥爭這個綱上來處理，從行政處分到刑事處分，體現出在階級鬥爭上面絕不心慈手軟。這種嚴厲手段，使中國大陸基本根除了娼妓和性病，但滋生了更多的性犯罪。中共既禁止婚前性行爲，又提倡晚婚，男女青年在二十五歲前的性力最旺盛期被迫禁欲，一些自暴自棄的失學失業男青年很容易走上瘋狂、殘忍的性強暴犯罪道路。同理，因爲禁止任何非婚性行爲，一些老年男人因喪偶或老伴喪失性功能，也處在性壓抑狀態，常常出現老年男人誘姦女孩的犯罪案例。這種嚴厲控制，還造成一個畸形的精神現象：意淫代償。在農村，集合在公社地裏集體勞動的農民，講的全是男女房事，開的玩笑也是性玩笑。在工廠，只要聚到一起，所談趣事離不開男女性事。男女青工打鬧，有時非常離譜，會扯脫對方的褲子往陰部倒機油或者趁男青工午休睡熟時幾個女工將其陽具用繩拴在凳腳上等等。法不責眾，對於如此廣泛的意淫代償（只要沒有性行爲），中共也就聽之任之了。按照弗洛伊德的看法，性壓抑可以通過閱讀文學作品及其他藝術釋放；可是，中共意識形態絕對禁止一切藝術作品描寫性，不然以「黃色藝術」論罪。即使是古典名著《金瓶梅》，也只能出所謂「潔本」，刪去一切性行爲描寫，並註明此處刪去多少多少字。此類「潔本」還只限於專門人員內部參考，大眾無權閱讀。翻譯的外國小說、外國電影等，將與性有關的內容粗暴地刪節和剪去，不考慮其藝術的完整性。一言以蔽之，中國大眾在藝術作品中尋求「里比多」釋放的可能性都沒有了，只有追求最低層次上的意淫代償。順便提一句，對於第一、第二等級的高層統治者，他們可以有權看沒剪過的原版外國電影及X級的性片，並有同步譯員爲他們翻譯——這又顯現了性等級不同的意淫特權。

三、性權與政權

毛澤東有句名言：「槍桿子裏出政權」。軍隊是奪取政權的根本。因爲要維繫一黨專政，軍隊沒有國家化，因此，他們又說「軍隊是無產階級專政的柱石」。爲了「紅色江山萬年長」的鞏固政權的需要，中共特別立法給予軍人特殊的性權，在《婚姻法》中規定「保護軍婚」。凡軍人的婚偶，若有第三者插入，即使是軍人的婚偶主動示愛，其第三者都要以破壞軍婚論罪，判處有期徒刑兩年左右。在實際的實行過程中，連軍人的未婚戀愛對象也不能染指，不然也以破壞軍婚論處。這樣，一旦成爲軍人戀愛對象或婚偶的人，再也無權改變選擇，只能當宋明理學所推崇的貞節之女或之男了。中共軍隊規定，營以上幹部、軍齡十五年以上者才有資格讓婚偶隨軍，因此大批軍屬只能分居兩地，一年只有一個月探親相聚，在一年中的十一月裏處於受法律管制的禁慾（性飢餓）狀態。

保護軍婚是爲了穩定軍心，鞏固政權。

這是一項中國特色的法律。從蘇聯衞國戰爭文學中來看，軍屬另覓新人的那個新人，並未受到法律制裁，只有這三者間的動人心魄的心理激盪。

儘管中國保護軍婚的法律嚴峻，但對第一、二性等級上的人無效。毛澤東的情侶李勝利之夫是公安軍文工團中的軍人，毛澤東以第三者插足其間明奪其妻，不僅不受破壞軍婚的法律制裁，而且還有著「協助主席爲人民服務」的崇高名義。陳再道上將強姦的女護士多人當然也是軍人，她們也會有婚偶或戀愛對象，絕無可能遭到起訴。由性權體現的具體特權更高於由性權體現的抽象政權了。

四、性權與階級性

講一個聽起來近乎荒誕但又十分眞實的性與階級立場衝突的故事。

中國一位敢於仗義執言的作家，被打成右派分子。其妻本應劃清界線與作家離婚，但是念多年夫妻情分以及她認爲丈夫是「好人犯錯誤」，所以頂住政治壓力未與丈夫離婚。作家被下放勞改。當他回家後與妻同房，妻拒絕，說：「我與你未離婚已經是劃不清界線了，我們怎麼還能有這種事？那就更對不起黨了。」作家無理由說服妻子，長期與妻同床而無性。後來當作家被摘去右派帽子從「敵我矛盾」轉化爲「人民內部矛盾」後，妻子才願意與丈夫作愛。可是，據作家對友人說，妻子這種從黨的教育那裏得來的「性也要區分階級性」的觀念，使他得上了「選擇性陽痿病」，只要同妻子作愛就不能勃起。他試過，當他與妻子外的女友（當然是祕密的）作愛時，一切都正常。

階級性對性的干預，使性病學多添了一種新病例：選擇性陽痿。

階級性對性的干預不是僅僅發生在這對作家夫婦身上。軍隊黨員幹部、地方政工幹部、機要人員等人的婚偶選擇，均要通過組織審批。凡戀愛對象家裏有關（坐牢）、管（群眾管制）、殺（被鎮壓）的親屬，均不能與上述人員相配。軍隊飛行員及所有高度機密部隊的成員（如原子彈、核潛艇、導彈等部隊成員），他們的配偶其家庭成分只能是「紅五類」，凡地富反壞右的子女及有海外關係的子女一律不予批准 。如果有人不服從，就會受到調離工作、開除黨籍等處分。因爲配偶的家庭成分不好，終身在政治上受歧視，難再有提拔晉升的機會。這是一個嚴重摧殘精神的婚偶審批制度。每人尋找戀愛對象要靠自己，好不容易覓得一位心愛而又愛自己的人，向組織報告所愛者，一旦經組織去外調發現不合政審標準，要被迫割斷，這是何等打擊？這種階級性干預性愛的後果，不光是「選擇性陽痿」，還會產生中國俗稱的「花癡」、弗洛伊德稱之爲性壓抑造成的諸多精神分裂症。

爲什麼要這樣做？一是鞏固政權的需要，要保持所謂「階級隊伍的純潔性」；二是維護階級教義（卽意識形態）需要，保持他們所劃分的階級之間的涇渭分明，以保證階級鬥爭理論的「科學性」。

這種空前絕後的以階級性爲標準的婚偶審批制度，倒透出一個可笑的邏輯矛盾：既然「共產黨人是用特殊材料製成的」、「拒腐蝕、永不沾」的無產階級先鋒隊戰士，既然共產黨人有著「最科學的共產主義理論能改造世界的人」，當他們與「黑五類」子女（「有著資產階級烙印的人」）婚配，本應該最具有改造對方而又不被腐蝕的能力，爲什麼表現得如此恐慌而要避之不及？這不等於承認馬恩列史毛的偉大教義以及共產黨人自身的高度階級覺悟經不起「性力」的輕輕一擊嗎？按他們的理論，性是屬於資產階級的，那麼，資產階級手中有著人人天生具有的性本能武器，還有「武裝到牙齒的核武器」，還有經濟制裁武器等等，無產階級憑什麼去「解放全人類」呢？

五、子題與母題

通過對中共性權分配四等級的解讀，讀出了三個深層語義：享受「政治返祖」的特權；鞏固一黨專制的政權；維護階級劃分及階級鬥爭的意識形態。在今天，還能解讀出另一種「子題與母題」的文化衍生語義。

由毛時代過渡到改革開放的鄧時代，昔日的性權四等級逐漸瓦解了。一馬當先瓦解這個等級的是原處在第二等級上的高幹子弟們。他（她）們再不要那「只幹不說」的遮蔽，而要成爲仿效西方性革命的先驅。他們利用自己的權勢，公開搞起「多元雜交」，以擴大自己性伴侶的統計數字，公開攜帶情人，半公開地觀看X級的錄影帶，在自己團伙內帶頭實踐X級片所教授的幾十種作愛技巧等。接著是處在第三等級上的知識分子一部分——演藝界、畫家、作家等——迅速跟進，利用自己的知名度，做著「無愛也能作愛」的性遊戲，以求迅速增加被征服的性伴侶的統計數字，顯示自己的魅力。他們發明了一個性伴侶年齡公式，即女人的年齡＝男人年齡÷2＋5；他們創造了一個「性沙龍」，在午夜十二點後暢談性經驗，謂之「零點文學」。新興的經理、個體戶等，則以自己的財力開拓了一個「繁榮娼（暗娼及變相賣淫者）盛」的新局面。大量的涉外婚姻，赤裸裸地爲了取得外國居留及獲得經濟效益。整個社會的男娶女嫁的風尚是：「一切向錢看」。

中共當局說，今日中國的「性解放」是隨著經濟開放而輸入的西方「性解放」的黃色潮流。其實不確。西方在個人自由主義基礎上的性解放，是突破原社會倫理和法律約束的任情選擇，除了賣淫或「杯水主義」的逢場作戲外，大部分人的性活動還是以情愛爲根本的，無愛難以作愛。雖然性伴侶多，但是是隨著感情轉移而選擇的。中國當今的性解放潮流的特色是：以手中權力增加性伴侶統計數字的無愛也能作愛的多元共時性雜交遊戲。這顯然同中共毛時代第一、第二性等級上的追求性特權是一脈相承的。是子題與母題的關係。全社會在性愛問題上以錢代情的風尚，追溯其母題，也可追到中共以性強固政權及意識形態的性功利主義。以往的性功利主義表現在統治集團的需要上，今天的性功利主義則體現在個人需要之上。

六、中共特色未必全是中國特色

中國民族對性的態度一直比較平實。孔子把食和色當作基本人性，所謂「食色性也。」即使是主張「存天理、滅人欲」的宋儒朱熹，也把一般的飲食男女歸屬於天理，而只是把要求美味、快感當作人欲。「閨房之樂，本無邪淫；夫妻之歡，疑無傷礙。然而縱欲生患，樂極生悲。」中國道教根據道家哲學把男女交媾同宇宙的天地交合看作是同一本體，由此發展出一套陰陽和諧、採陰補陽的「房中術」。根據羅依・唐娜希爾所著《歷史中的性》一書稱：「中國人是世界上最早寫出內容最豐富、情節最詳細的性交指南一類書籍的國家。」在公元前一世紀的《漢書・藝文志・方術略・房中》記載，就有了一百八十六卷《玉房祕籍》。《洞玄子》一書就總結了三十多種性交姿勢。此外還發明了許多性交工具及春藥。性文學（如《金瓶梅》）、春宮畫既比別的國家早而且發達。總之，中國文化沒有像基督教文化、佛教文化、伊斯蘭教文化那樣嚴厲禁欲。對於自由戀愛及婚外愛，中國傳統倫理是排斥的，處分有時也很嚴酷，但一般官不出面，而由族權、家法去處置。

中共性觀念，除了第一、二等級祕密效法帝王性特權之外，其他扭曲人性的種種，倒是它所獨創的。千秋性之功罪，還是區分評說較爲中肯。

開創華文文學新紀元亂彈

由於歷史在人文科學概念中的厚厚積澱（即世世代代對各種概念的解釋學上的解釋），由於當代多學科往同一概念中的多元充填（即以各個學科角度對同一概念下多種定義），至今的人文科學幾乎每一概念都有幾十甚至幾百個定義。因此，當今做論文的首要之事是作者對論文中將要應用的概念進行「我的界定」，以防治現代「語言多歧義中毒症」（在使用同一概念時由於各自定義不同而違反同一律的現代語言病）。

一、什麼是「華文文學新紀元」？

第一，不應以一位或數位華人作家獲得諾貝爾文學獎金爲標誌。固然諾貝爾文學獎是對作家獲得國際級成就的獎賞，但只標誌作家個人幾十年來的文學大成，而不標誌整個語種的群星輝煌。此外，五十多億人類中活著的作家成千上萬，而一年只有一人獲諾貝爾文學獎，爭取諾貝爾獎和爭取中「六合彩」的機率差不多，所以，對於如何獲諾貝爾獎的問題是個「命運遊戲」。何況，沒有獲獎的作家中也有文學史上的大文豪，如托爾斯泰。

第二，不應是以中國文學史爲參照系的歷時性比較，這種縱向的比較沒有多大意義，因爲「江山代有才人出」，今天自然是昨天的「新紀元」，毋需去論說。

第三，我界定的「華文文學新紀元」是以當今世界文學作爲座標的共時性比較。在這比較中，我們得坦蕩蕩地承認英語文學、法語文學、俄語文學、西班牙語文學、德語文學、日語文學等語種的文學對當今世界的影響遠大於華文文學，這樣才產生出一個「如何開創華文文學的新紀元」的問題。

二、有兩個非文學的障礙需要跨越

英、法、德、日、西等語種的文學有兩個非文學性的得天獨厚之處，也是華文文學的障礙之地。

首先，說上述語種的國家是當今世界上經濟發達或較發達的國家，其現代化程度（現代物質文明水準）較高。這就衍生出文化人類學家沃勒斯坦（Wallerstein）說的「文化附庸」現象：因爲不發達國家對發達國家在工業、資本、政治、外交、科技等方面的依附，而把發達國家的文化也當作範型來仿效，如搖滾樂、牛仔褲到繽紛繁華的現代主義各流派，無不通過「流行」而複製，即不發達國家在文化上複製發達國家，或稱邊緣複製中心。用華文的中國大陸是很不發達之地，即使用華文的臺灣也是近年來才逐步向發達國家接近的，多年來，我們確實也成了「文化附庸」，歐美流行什麼，我們就複製什麼。複製怎麼還可能「開創新紀元」？

這不是個文學本身的問題，而是社會心理學上的「從眾意識」問題。因此，我們要跨越「從眾意識」的心理障礙，釐淸文學藝術和GNP（國民生產總値）不是正比例的函數關係。經濟繁榮的盛世，如中國盛唐、英國維多利亞時代也是文學的群星閃耀的時代；但經濟衰頹之時，如中國的春秋戰國，俄國的十九世紀，照樣出諸子百家及托爾斯泰、陀斯妥也夫斯基等領世界文壇風騷的泰斗。被畢加索推崇的偉大雕刻藝術——非洲面具，卻是出於原始部落。因此，華文作家若要有獨到的創造，必須在社會心理學的層面上摒棄「邊緣複製中心」的從眾意識。

同樣由於國家發達的原因，該國語言在世界流通性（或稱傳播性）也隨之大增。在法國羅浮宮，在美國迪斯奈樂園，有英法德日西文的說明書，偏偏沒有占當今五分之一人類使用的漢語的說明。不是種族歧視，而是由於發達與語言載體的使用率是成正比的。用英語寫作的一部優秀的文學作品，無需通過翻譯，很快就能被別的語種國家的出版商、評論家所賞識而擴大傳播面；倘若是華語就不同了，一部優秀的作品必須通過翻譯才能供別的語種的出版商選擇，唯有出版之後，才能得到評論家評述。投資大，機率小，時間長。這種受經濟不發達株連的文學傳播機率減小的厄運，對於華文作家個人來說，幾乎很難有回天之功。跨越這個障礙只能靠國家的力量，靠世界華文作協這樣的社團的力量，成立權威的選擇優秀作品的評審機構，由國家或社團投資翻譯及介紹。不然只能碰運氣，守株而待「洋伯樂」去發現華文文學的「千里馬」了。

上述兩點就是所謂的「西方強勢文化」所占的便宜。不得不承認，要開創華文文學新紀元，我們得另外付出解決非文學方面的問題的能量。

三、進入文學性的正題

藝術的價值表現在兩個方面：如何表達；表達了什麼。對於造型藝術、音樂藝術來說，

「如何表達」體現了藝術的主價值；「表達了什麼」的符號意義是附加價值。對於文學而言，如何表達和表達了什麼同等重要，難分主、附價值。

換一種表述是：評論一部文學作品的價值在於它有無超越前人的形而上追求及超越前人的形而下表達。

以開現代主義先河的卡夫卡爲例。他的短篇小說《變形記》及未寫完的長篇《孤獨三部曲》——《城堡》、《審判》、《亞美利加》等，之所以在他死後享有「現代主義文學鼻祖」的哀榮，其公認的原因是兩個方面。一是他第一個表達了工業文明中人性的新邊疆體驗：人在自己的創造物中失落，於是產生了現代人所特有的孤獨感、異化感及憂患意識。在如何表達上，卡夫卡創造了既不同於神話也不同於寓言的「局部超驗小說」，卽整個情節合乎現實，而只在某一細節「超驗」，如《變形記》中人只是在外形上變成甲蟲，《城堡》中主人公K怎麼也進不了城堡，《審判》中的主人公不知爲何被審訊等，創立了一種前所未有的充滿想像力及象徵寓意的表現主義形而下表達方式。

再看二十世紀上半葉最具影響力的作家喬哀斯。他的《尤利西斯》長篇小說，之所以稱爲文學傑作，也是因爲在表達了什麼和怎樣表達上異峰突起。喬哀斯通過大量的用典，通過雙關語，通過小說結構與荷馬詩史《奧德賽》的暗合與人物「投影」，表達了待讀者破譯的形而上語義——象徵語義，它也許是人類靈魂有家難回的亙古不變的存在，它也許是現代人類在多元困惑折磨之下只能放棄形而上追求而沉降到陋巷中的「春宮圖」裏去溝通。在「如何表達」上當然也是獨樹一幟的——開創了意識流，始作俑者地將人類的潛意識用語言文字描繪了出來。

在這個參照系下，回看當今的華文文學，就其統計狀況來看，受商業利潤的制導，或是還在編一些浪漫主義時代的濫情故事，或是在複製著六十年代西方流行的嬉皮文學（在大陸叫「痞子文學」），或是當西方現代主義文學的分號，複製著尤涅斯庫、喬哀斯、福克納、艾特馬托夫、米蘭・昆德拉等等的形而上觀念和形而下表達，不過是換上了一個中國故事。

到這裏，「如何開創華文文學新紀元」的問題轉換爲下列問題：

一、華文作家如何去體悟和發現屬於當下或未來的新的形而上理念，換句話說，在筆下有無拓展出人性的新邊疆。如果說現代主義文學發現了人在工業文明中的異化和失落的人性新體驗，那麼，在多元爆炸的訊息社會中的人性新邊疆是什麼樣的？

二、華文作家又如何在「怎樣表達」上崛起異峰呢？在感知世界的方式、語言描述方式、結構方式等方面有什麼空前的創意？

我不知道答案，只是萌發了由本文標題所衍生出來的有待苦苦求解的更多的問題……

歸省

一、一次奇特的訪問

中國人（臺灣「聯合報」），請中國人（流亡巴黎的中國大陸的幾位作家，其中有我），到中國（臺灣）去訪問。會有法國人請法國人訪問法國的怪事嗎？

一九九〇年一月一日，也就是特別有符號意義的九十年代第一天，飛抵臺北中正機場，刹那間，我很驚詫：「怎麼會有這麼多人會講漢語？」哦，理性很快糾正我：這兒已不是你流亡了半年的巴黎了，這兒是你的祖國，是你的家，你回家來了！

——我就是以這樣的感知方式感悟在臺灣十六天的生活的。不是政治家或其他學人的邏輯認知，是作家的隨感。但願這些隨筆的「保眞度」和「保鮮度」好些。

二、兩種不同的「語感」

在「飛行的領土」（華航班機）上，就開始了省親的聊天了。先同後艙長聊，再同機長談。我又有一個愕然：我們彼此素不相識，而且彼此接受了四十年的互相敵對的意識形態教育，但是，不用十分鐘，很快就有了一種「融入感」。上下五千年，縱橫十萬里，從孔子說到孫中山，從「六四」屠殺到臺灣青年一代的「炒股票熱」，從兩德統一到「臺獨問題」。我同法國朋友、美國朋友絕沒有這種「速溶咖啡」式的香噴噴的融入，總是禮儀有餘而溝通不暢。爲什麼？「因爲我們都是中國人嘛！」機長說。可能是因爲有同宗的文化、共同的語言決定了相似的思維方式，獲得了「心有靈犀一點通」？

看來是有中國式的「知己」感了，機長告訴我他曾被「統戰」的往事：「我是飛國際航線的，常碰到你們那邊民航機組的人。有一次，你們那邊有人勸我投奔中共。我笑了笑說：『去了能給多少工資？我現在每月月薪近三千美元，聽說你們的老鄧（小平）頭號工資也只有二百美元，我怎麼能拿高過他十幾倍的工資？』這一說，那位搞『統戰』的人就不再統我了。」在我們哈哈一笑中，我對他們的談話有兩個突出的印象：言論自由的輕鬆和經濟富裕的自得。

後來，我同臺灣各界人士聊天，儘管內容千差萬別，但都有與機長一樣的兩種語感。這是大陸的中國人所沒有的。大陸人說話總怕「隔牆有耳」，心靈裏總站著一個可怕的「靈魂警察」在監督著。大陸人幾十年來總離不開一個「窮」，共產執政者治不了窮，還大誇起「窮」來：毛澤東說，「越窮越革命」，「窮則思變」，一窮二白可以畫最美的圖畫」云云，於是人人以窮爲榮爲幸！同是中國人，大陸人語感和臺灣島人語感差異甚遠，歐洲人就憑這，一聽就能分出兩地的元氣和底氣不同的中國人。

三、沒有「導演下的民主」

我感知到了「機長語感」的臺灣社會背景。翻開報紙，各種言論都有，從批評李登輝總統到揭露蔣家父子的隱私，從「統派」到「獨派」，無所不有；打開電視或廣播，政治人物間的相互抨擊是那麼尖銳和激烈，甚至還有「君子動口也動手」的武打場面；走到大城小鎮，籠罩著國民熱烈參政及競選的熾熱氛圍。這一切細節讓人相信，這兒的民主不是大陸那種「導演下的民主滑稽劇」了，而是眞格兒的民主，儘管剛開始，非理性成分太多，還不夠標準化。畢竟是五千年中國史上的第一回。從外匯儲備八百三十八億成爲世界之冠，從有十分之一的臺灣人於一九八九年出國旅遊，從普通國民的住宅文化、食用文化、第二皮膚（衣著）文化的水準，只要身臨其境的人都會承認，這兒的人眞富了，富得不亞於我所見的法國人。中國人總是夢魂縈繞遙遠的「文景之治」和「貞觀之治」的富足，以後似乎就被貧窮拮据的幽靈纏住而脫不了身了。幾百年、幾千年。四十年前的臺灣也是窮得不堪回首。短短的四十年，逐走了那個讓人失去人的尊嚴的幽靈。誠然，臺灣人對逐窮的詮釋不一。執政的人說是因爲政策的正確。在野的反對派歸之於天時地利，一場越戰，使臺灣獲得了持續一百六十七個月的經濟增長。但是不管怎麼說，臺灣島上的中國人做了一個從康梁的「百日維新」到鄧小平改革都沒有做成的數千次政治、經濟改革實驗，他們拿出了使「悲壯衰落了的古文明中國躍變成已開發國家」的讓人心悅誠服的樣品。

四大文明古國——古埃及、古巴比倫、古印度、古中國，如今只有古中國的一部分顯示了老樹回春，卽回那個與現代發達國家同步運作之春。

四、是韜晦，還是無能？

在臺北參觀時，一位爲我們開車的司機對我說的一番話使我困惑：「我是老兵，」他用濃重的山東省膠東口音對我發感慨。「四十年前來臺灣，對黨國絕對忠誠。但是，這次選舉我沒投國民黨的票，投了民進黨。我並不贊成民進黨，他們打人鬧事太野蠻，搞民主不能像他們那樣搞法。我投民進黨票是爲了刺激刺激國民黨。很多人和我的想法差不多。這一代國民黨不知在幹什麼！社會治安那麼亂，那麼多人炒股票搞投機，臺北交通不像樣子，社會風氣一天不如一天，大吃大喝，一年吃掉從臺北到高雄的兩條高速公路的錢等等，這一代當政的拿不出辦法來，只在那裏說『這是轉型期』，好像不治就會轉過去了，可現在越轉越嚴重。還有，大陸中共在國內喪盡人心在國際丢盡臉，可對臺灣說話很硬很凶，爲什麼？因爲臺灣太軟，老太太吃柿子揀軟的捏。過去老蔣小蔣，那麼困難，還敢硬對硬，現在富了發達了，反而軟了、熊包了！這麼個治國怎麼行？我們恨鐵不成鋼！——這次選舉，國民黨丢了七個縣，一共二十一個縣，丢了三分之一，而且，這七個縣是重要的縣，像最關緊要的臺北縣也丢了，你說慘不慘？還不該猛省？弄不好就得下臺當在野黨。話得說回來，國民黨成爲在野黨沒什麼，如果民進黨有能耐的話也還有盼頭；可是民進黨又是這個樣子，怎麼不讓臺灣人擔心？」

我詫異的是，司機——老兵這番話，能從歷史學教授、經濟學家、出版家、記者、詩人、社會學家、企業家甚至政府掌管宣傳的首席人物——新聞局局長邵玉銘先生口裏聽到語彙句式不同但內容相似的表達。邵玉銘先生在一個有蒙古包情調的酒店裏宴請我們時，他沒用外交辭令而是用了無遮蔽的敞開式言詞說：

「目前十本暢銷書，有七本是關於怎麼炒股票的！這很令人憂慮。現在臺灣有三種精神病症：一是爭權奪利；二是一切向錢看；三是冷漠自私。」

哦，臺灣上下並不如有些人說的「商女不知亡國恨，隔江猶唱後庭花」。他們有著濃郁的憂患意識。然而，既然朝野都有了憂患，爲何沒有革故鼎新的「大動作」？是第四代國民黨人「太柔弱、敏感」，還是像當年劉備在曹操「煮酒論英雄」時的那樣一種韜晦？

一位對近代史有興趣的臺灣朋友和我閒聊了所謂四代國民黨人——

五、第一代・孫中山先生

——最傑出的貢獻是創立三民主義

第一代是孫中山爲代表的國民黨人。歷史早有定論，這代國民黨人推翻了滿清，建立了一個不穩定不統一的民國。然而，最爲傑出的貢獻並不是革命，而是理論，卽孫中山先生創立了一門中國近代的政治學理論——三民主義。這個理論不僅與法國大革命的「自由、平等、博愛」理論相通，不僅與美國林肯的「民治、民享、民有」理論同構，還是中國傳統的政治哲學、倫理哲學的自然延伸。一個特別罕見的現象：國共兩黨是敵對的黨，長時間內不共戴天，然而能「共」三民主義的「天」，雙方都贊同三民主義！這能否說明，孫中山的三民主義是一種適合於中國的超拔於政黨之上的政治學？法國大革命留下來的「人權宣言」和美國的憲法，兩百年來，不管哪個黨執政，都是可遵循的政治規範。唯有超拔於政黨之上的政治理論，才是有科學性的政治學。近代中國的政治家，康有爲、梁啓超、毛澤東、蔣介石等等，都沒有留下政治理論，可能只有孫中山的三民主義是一種中國政壇的理論。

六、第二代：蔣中正先生

——使政治學上不可逆現象為可逆

第二代國民黨人的代表人物是蔣中正。他是位有爭議的政治家。在大陸，他的形象被幾十年的敵對宣傳所醜化得一無是處。在臺灣，他也是毀譽參半。且不論他北伐統一中國和抗戰保衛中國方面的貢獻，最值得大書一筆的是創造了一個政治史上的特例。一九四九年，由於他領導的黨和政府腐敗脫序被共產黨擊敗而潰退臺灣。五十萬沮喪而無序的軍政人員湧到了貧瘠的孤島。一般情況下，一位政治家領導的政體腐敗之後，不可能由這位政治家來重新振興，因為他失去了最重要的資源——被領導者的信任。通常要由改選或革命推出的新政治家來使枯木回春。這是政治學上的不可逆現象。然而，蔣中正先生卻使其可逆了。憑著他的頑強意志和鐵腕專制，使臺灣的政治和經濟獲得了勃發的生機，使臺灣成為世界刮目相看的「四小龍」之一，建立了一個可控而穩定的政治局面。相形之下，當年戰勝他的毛澤東卻由談笑「百萬雄師過大江」的風雲人物，蛻變為「把經濟弄到了崩潰的邊緣」（中共對「文革」的總結語）的悲劇主角。毛蔣對峙一生，世人誰也沒料到，蔣卻笑在最後——諺語說，誰笑在最後誰就笑得最好。

七、第三代：蔣經國先生

——在權力高峯期爲理想自動減權

第三代國民黨人的代表人物是美國克萊恩評述的「把積極、充滿希望的美國生活內涵（經濟上以人民的消費福利爲中心），融進中國傳統文化架構（家族威權取向的儒家政治文化）」的蔣經國先生。蔣經國先生是位政治反差極大的政治家。他受過蘇聯的共產主義教育，卻徹底奉行資本主義。他像封建王朝一樣世襲了父親的最高權力，但卻創造了政治學上的罕見現象：在權力高峰期主動開放黨禁報禁，分權給他人。人類有個總的生存原則謂之「加法原則」：欲求今天比昨天更好，明天比今天更好。政治家亦是如此，欲求今天的權力比昨天更大，權力意志更自由。一個專制的政體，不到鬧得瀕臨垮臺之時是不會讓步減權而搞民主制的。蔣經國先生卻在他威信最高的權力高峰期，提出開放黨禁報禁，自動減權，爲了政治理想而採用了罕見的自主減法原則。這是由一黨專制過渡到多黨競選的民主制的眞正的「和平演變」，社會爲此付出的代價最小。對岸的那位「改革總設計師」鄧小平，在人民大規模和平請願要求民主和新聞自由時，他卻用坦克和衝鋒槍創造了中國歷史上的一個血腥之「最」。由此可見，蔣經國的自主、自律性的和平演變實在是難能可貴。現在的戈巴契夫所做的，也是這樣的自主自律性和平演變，得到了世界的激賞、感佩；就時間而言，蔣經國是先覺者和先行者。當然，蔣經國在使臺灣經濟由勞動密集型成功地轉化爲技術、資本密集型方面也有著他的特別奉獻。

上述三代國民黨人，都在逆境中覓得了昇華。孫中山被袁世凱篡了位，蔣介石敗逃於貧島，蔣經國面臨著與一百四十多國斷交的外交困境等等，但他們都變一份困難爲一份智慧和毅力，都在政治史上留下了有創造性的一頁。

八、第四代：李登輝先生

當今執政的是以李登輝爲總統的第四代國民黨人。據說，科長以上官員，大部分都留學過，都有學位。從總統開始，許多官員都能著書立說，是所謂學者型政治家。他們受命於鼎盛時期。當然鼎盛也有鼎盛的難處：如經濟基數大，不易再大幅增長；初行民主，理性不足，社會反而不如專制期穩定；富裕容易導向驕奢淫逸的墮落等等。這就是新的挑戰的一部分。可是，臺灣人普遍認爲，第四代國民黨至今還只是亮了一個無所作爲之相，穩健、中庸有餘，開創、冒險甚差。甚至在碰到東歐共產體制風雲突變、蘇聯大步邁向國際化自由化之時，坐失良機，只有一般性的表態，並無外交上的新的業績。對於風雨飄搖的中共，對其武力犯臺有過多的恐懼。不是以攻爲守、取乎其上的對策。沒有及時的大張旗鼓地提出，不以中共爲敵，而是要在大陸實現包括中共在內的多黨自由競選的宣言，以表現出有容乃大的大黨風範；現在推行的主要是退避三舍的短視應變策略。對內政策，只是因循前任的既定方針，沒有制定出新情況下的銳意革新的新政。

九、懂得越多・主意越少

爲什麼懂得越多的學者型政治家反而新主意越少呢？眞使人納悶。我和朋友在苦思冥想著那些可能的原因：

——可能是一九九〇年面臨總統大選。總統的選舉還不是全國選民直選，而是由老國大代表投票。李登輝要連任總統，必須迎合老國大代表的政治口味。這些年邁的國大代表當然接受不了新規範，所以李登輝只好保持既定方針，不出新招，不捅婁子，以求穩爲上？如果是這個原因，那麼，李登輝已有成竹在胸，大選之後會有豁人耳目的新政推至前臺來？有待驗證。

——由一黨專制到多黨競選的和平演變，固然付出代價最小，但是也可能帶來一個爲難的心理積澱。我到民進黨總部去參加過一個小型座談會，民進黨的領袖們在自我介紹時，幾乎全坐過牢，受到過專制時期的國民黨的迫害，因而義憤塡膺。這是歷史的積澱。這樣，兩黨自由競爭時，由於前怨太深，就表現出太強的情緒化干擾。民主的基本前提是理性原則：各自公開而充分地表達主見，然後理性地服從多數表決的結果。但是，現在的情況令人堪憂。民進黨在處於少數、政見被否決時，不是以理性的長期的辦法爭取多數，而是以暴力和群眾要挾來補償，甚至還有些可畏的報復、復仇情緒。國民黨對於反對黨（民進黨）的意見也會出現情緒化干擾，不能在可妥協處盡量妥協（政治的一種定義就是妥協），常設不可逾越的針鋒相對的「底線」。這樣，執政黨難以從反對黨那裏收到「兼聽則明」的制衡效益。另一方面，國民黨因爲搞過專制，唯恐別人說它不民主，怕失去民心而丟掉選票，該執法的地方又不敢理直氣壯地執法。一部分反對黨違憲公開搞「臺獨」，他們睜一眼閉一眼；立法院本是立法機構，可立法委員帶頭侵犯人權對持不同政見者動武，他們也只能搖搖頭，發展到在總統宴請的宴會上掀酒席、大街上燒警車等聳人聽聞的事件才出來表示要依法處理。社會治安脫序也是如此。過去靠警察維持專制，現在解嚴了，警察的形象成了問題，警察不敢管，甚至有些刑事犯罪分子敢打警察而警察不敢自衞。這些都是「和平演變」的代價。這就要看第四代國民黨人有無智慧在選民前成功造勢，塑造出自己是奉行新政治規範的新國民黨人，不背歷史的心理包袱，嚴格恪守民主決議的新規則：在立法時善於妥協制衡；在執法時勇於一絲不苟。作爲反對黨的民進黨如欲執政，也得提高黨的素質，警惕流氓無產者加入太多而使黨痞子化。否則，兩黨都會失去民心，使國民冷漠而無所憧憬：哀莫大於心死矣！

——學者型政治家也可能會患一種時髦的「精神迷宮症」。現在是大量生產多元文化的信息社會。高文化素質的人具備多種學科知識。對待任何一個問題，都可以從多種角度（即以多種學科知識爲判斷依據）去進行判斷；這些判斷常常牴觸、相背，這就無法作出「行還是不行」的二値判斷，於是陷入了猶豫不決的「精神迷宮」。猶豫是世界上最大的竊賊，把一切良機給「竊」走了。在臺灣有許多研究中心，有官方的，有民間的，一項對策，常常眾說紛紜，莫衷一是。出了那麼多洋洋大觀的研究報告，就是拿不出一個滿意的對策來。學術機關的激辯、立法院的爭吵，常常是誰也說服不了誰的懸而難決的命題。有人說，經濟學是「憂鬱的科學」，因爲三個經濟學家常有四個見解，無法選擇；那政治學、社會學問題更是如此。因此，李登輝政府顯得反應很不靈敏。例如，在「六四」事件後的大陸政策和對海外民運人士的政策，例如東歐及蘇聯劇變後的外交政策，例如資金外流、金融不穩的經濟政策，例如療治眾多人進行貨幣投機的社會問題的政策，總是爭而不決，越爭越困惑。這就意味著，第四代國民黨的學者型政治家，雖多學識能從多方面觀照問題，但可能還是習慣於線性思維，不善於對多種相背的判斷作場性的整合，即作系統工程的處理，缺乏一種關於「度」（合乎比例，不求最佳方案而求各種變量在上下限之內的整體滿意方案）的哲學素養。如果第四代高文化素質的政治家過分自賞自己的學歷和學位，而不知高學位者會患現代文明病「精神迷宮症」，他們就不會刻意追求「度」的哲學素養，那就會變成現代的「哈姆雷特」（莎士比亞塑造的舉棋不定者）。現代社會變化速度空前，偶發事件機率很高，尤其苛求政治家的隨機應變的敏感性。有人批評臺灣「柔弱的敏感的」，恰恰相反，它缺乏快速應對的「敏感」；有人批判臺灣「沒有文化」，恰恰相反，他們已在高文化的層次上受多元文化困惑之苦了。

十、臺灣畢竟有別於大陸

不管是臺灣之長還是臺灣之短，它們都是有別於大陸。大陸還在古老的苦悶之中，卽使有歡樂也是古老的。臺灣的憂樂畢竟與發達國家的憂樂相似，是另一個歷史層次上的悲歡長短。這就是希望所在。

然而，希望不是必然地美好。

臺灣輿論界認爲「李登輝時代」告別了「英雄化」的強人政治時代。但是不等於是平庸的時代。民主政體恰恰能造就多元化群雄的時代。我們期待著第四代國民黨的執政者拿出孵化群雄的方略來。

一九九〇・二・於巴黎

三民叢刊書目

㉑浮生九四　蘇雪林著
・雪林回憶錄
㉒海天集　莊信正著
㉓日本式心靈　李永熾著
・文化與社會散論
㉔臺灣文學風貌　李瑞騰著
㉕千儛集　黃翰荻著
㉖作家與作品　謝冰瑩著
㉗冰瑩書信　謝冰瑩著
㉘冰瑩遊記　謝冰瑩著
㉙冰瑩憶往　謝冰瑩著
㉚冰瑩懷舊　謝冰瑩著
㉛與世界文壇對話　鄭樹森著
㉜捉狂下的興嘆　南方朔著
㉝猶記風吹水上鱗　余英時著
・錢穆與現代中國學術
㉞形象與言語　李明明著
・西方現代藝術評論文集
㉟紅學論集　潘重規著
㊱憂鬱與狂熱　孫瑋芒著
㊲黃昏過客　沙究著
㊳帶詩蹺課去　徐望雲著
㊴走出銅像國　龔鵬程著
㊵伴我半世紀的那把琴　鄧昌國著
㊶深層思考與思考深層　劉必榮著
・轉型期國際政治的觀察
㊷瞬間　周志文著
㊸兩岸迷宮遊戲　楊渡著
㊹德國問題與歐洲秩序　彭滂沱著
㊺文學關懷　李瑞騰著
㊻未能忘情　劉紹銘著

㊼發展路上艱難多　孫　震著
㊽胡適叢論　周質平著
㊾水與水神　王孝廉著
・中國的民俗與人文
㊿由英雄的人到人的泯滅　金恆杰著
・法國當代文學論集
51重商主義的窘境　賴建誠著
52中國文化與現代變遷　余英時著
53橡溪雜拾　思　果著
54統一後的德國　郭恆鈺主編
55愛廬談文學　黃永武著
56南十字星座　呂大明著
57重疊的足跡　韓　秀著
58書鄉長短調　黃碧端著
59愛情・仇恨・政治　朱立民著
・漢姆雷特專論及其他
60蝴蝶球傳奇　顏匯增著
・真實與虛構
61文化啓示錄　南方朔著
62日本這個國家　章　陸著
63在沉寂與鼎沸之間　黃碧端著
64民主與兩岸動向　余英時著
65靈魂的按摩　劉紹銘著
66迎向眾聲　向　陽著
・八〇年代臺灣文化情境觀察
67蛻變中的臺灣經濟　于宗先著
68從現代到當代　鄭樹森著
69嚴肅的遊戲　楊錦郁著
・當代文藝訪談錄
70甜鹹酸梅　向　明著
71楓香　黃國彬著
72日本深層　齊　濤著

⑦③美麗的負荷　封德屏　著

本書是作者從事寫作的文字總集。有少女時代所寫，如詩如歌的雋永小品；更有以求眞存眞的態度詳實記錄而成的報導文字，對象涵蓋作家、影劇圈、藝術家等文藝工作者的訪談記錄。值得有心人一起駐足品賞。

⑦④現代文明的隱者　周陽山　著

生爲現代人，身處文明世界，又何能自隱於現代文明？本書內容包括散文、報導文學、音樂、影評、書評等，作者中西學養秉富，體驗靈敏，以悲憫之心關懷社會，以詳瞻分析品評文藝，是學術研究外，結合專業知識與文學筆調的另一種嘗試。

⑦⑤煙火與噴泉　白靈　著

本書詳盡的評析了新詩的源起及演變、臺灣詩壇的今與昔，除介紹鄭愁予、葉維廉、羅青等當代名家的詩作及創作理念外，並給予初習新詩者的入門指引，值得想一探新詩領域的您細細研讀。

⑦⑥七十浮跡・生活體驗與思考　項退結　著

本書是作者一生所思所悟與生活體驗。從青年時米蘭求學，到「哲學之遺忘」的西德八年，再到主持《現代學苑》實踐對文化與思想的關懷，最後從事教學與學術研究的漫長人生歷程。雖是略帶有自傳性質，卻也反映了一個哲學人所代表的時代徵兆。

⑦⑦永恆的彩虹

小民　著

問世間情是何物，怎教人如此感念！環遶家園周遭的倫理親情、憶往懷舊的大陸鄉情、恆久不渝的溫馨友情……，是多麼的令人難以忘懷。本書作者以平和的語氣、平實的筆調，娓娓道出人世間的種種至情，讀來無限思情襲上心頭。

⑦⑧情繫一環

梁錫華　著

寫作是件動腦動筆的事，使人保持身心熱切，而創造性的熱切是有助健康和留住青春的。本書作者以其悲天憫人的襟懷，寓理於文，冀望讀者會心處，除了青春、健康外，另有所得。

⑦⑨遠山一抹

思果　著

本書是作者近二十年來有關文藝批評、中英文文學、語文、寫作研究的精心之作。作者學貫中西，探究深微，以精純的文字、獨到的見解，寫出篇篇字斟句酌、妙筆生花的佳作，令人百讀不厭。

⑧⓪尋找希望的星空

呂大明　著

在人生的旅途中，處處是絕望的陷阱，但晚星的光芒是黎明的導航員，雨後的彩虹也會在遠方出現，絕望銜接著希望，超越絕望，希望的星空就呈現在眼前，願這本小書帶給您一片希望的星空……

⑧1 領養一株雲杉

黃文範 著

有人說，散文是作家的身分證，對譯人何嘗不是如此。本書是作者治譯之餘，跑出自囿於譯室門外自遣的心血結晶，涉獵範圍廣泛，文字洗練而富感情，展現作者另一種風貌，帶給讀者一份驚喜。

⑧2 浮世情懷

劉安諾 著

本書是作者以其所思、所感、所見、所聞，發而為文的結集。作者才思敏捷，信手拈來，或詼諧、或雋永，皆屬上乘。在這匆遽忙碌的時代，不妨暫停一下，此書當能博君一粲。

⑧3 天涯長青

趙淑俠 著

文藝創作者身處他鄉異國，該如何面對因文化差異所帶來的困擾？本書所描寫的，是作者旅居異域多年的感觸、收穫和挫折。其中亦有生活上的小點滴，時而凝重、時而幽默，清晰的呈現出東西文化的異同風貌，讓讀者享受一場世界文化的大河之旅。

⑧4 文學札記

黃國彬 著

作者放眼不同的時空，深入淺出地探討文學的現象、趨勢，以至個別作家的風格，舉凡詩、散文、小說、文學評論等，都能道人所未道，言人所未言，把學問、識見、趣味共冶於一爐，堪稱文學評論集的佳作。

⑧⑤訪草（第一卷）

陳冠學 著

本書是作者於田園生活中所見所感之作，內有田園畫，有家居圖，有專寫田園聲光、哲理的卷軸。喜愛大自然田園清新景象的讀者，將可從中獲得一份未曾預期的驚喜與滿足；另有一小部分有關人性與人生哲理的文字，則會句句印入您的心底。

⑧⑥藍色的斷想

·孤獨者隨想錄

A·B·C全卷

陳冠學 著

本書是作者暫離大自然和田園，帶著深沉的憂鬱面對人世之作。一路上你將有許多領略與感觸，時或有天光爆破的驚喜；但多數時候，你的心頭將披著一襲輕愁，甚或覆著一領悲情。這是悲觀哲學，卻是被熱情、關心與希望融化了的悲觀哲學。

⑧⑦追不回的永恆

彭歌 著

本書是《聯合報》副刊上「三三草」專欄的結集。作者以其犀利的筆鋒，對種種社會現象痛下針砭，冀望這些警世的短文，能如暮鼓晨鐘般，在這變亂紛乘的時代，起著振聾發聵的作用。

⑧⑧紫水晶戒指

小民 著

俗世間的珍寶，有謂璀燦的鑽石碧玉，有謂顯榮的列鼎封侯。其實生活就是人生最美的寶物，不假外求。非常喜愛紫色的小民女士，以她一貫親切、自然的文筆，輯選出這本小品，好比美麗的紫色禮物，要獻給愛好文學也愛好生活的您。

⑧⑨心路的嬉逐

劉延湘 著

本書筆調清新幽默，論理深刻而又能落實於生活踐履。走一趟作者精心安排的「心路」之旅，您將莞爾一笑，心情頓時開朗。而您也將發現，原以爲只是一條山間小路，結果卻是風景優美，鳥語花香的舒坦大道。

⑨⓪情書外一章

韓秀 著

情與愛是人類謳歌不盡的永恆主題，它爲空虛貧乏的現代生活加添了無數的色彩。本書記錄下了作者在日常生活中感受到的親情、愛情、友情及故園情，在書中點滴的情感交流裏，在這些溫馨的文字中，我們是否也能試著尋回一些早已失去的東西。

⑨①情到深處

簡宛 著

本書是作者旅美二十五年後的第二十五本結集。身爲一個教育家，作者以其溫婉親切的筆調，寫出篇篇充滿溫情的佳構，不惟感動人心，亦復激勵人性。將愛、生活與學習確實的體驗，眞正感受到人生的有情，生命也因此生意盎然。

⑨②父女對話

陳冠學 著

一位老父與五歲幼女徜徉在山林之間，山林蓊鬱，山泉甘冽，這裏自有一份孤獨的甘美。本書是記述作者父女在人世僻靜的一個角落，過著遺世獨立生活的文字畫。舉世滔滔，這應是一面明鏡，堪供讀者對照。

⑨③陳冲前傳

嚴歌苓 著

在好萊塢市場，多少人一夜成名直步青雲，又有多少人一朝雲中跌落從此絕跡銀海。身為一個中國人，陳冲是經過多少的奮鬥與波折，身為一個聰慧多感的女子，她又是經過多少的心路激盪，才能處於這洶湧波滔中。本書將為您娓娓道出陳冲的故事。

⑨④面壁笑人類

祖 慰 著

本書是有「怪味小說派」之稱的大陸作家祖慰，在巴黎面壁五年悟得的佳構。他的散文神遊八荒，情貫萬里，將理性的思惟和非理性的激情雜揉一起。讀其作品既能吸收大量的科普知識，又可汲取其飄逸文風的美感享受。

⑨⑤不老的詩心

夏鐵肩 著

夏先生一生從事文化工作，大半心力都用在鼓勵培植有潛能的青年人，助他們走上文學貢獻之路。而他本身亦創作出不少的長短佳文。本書收錄計有：詩詞小品、散文、方塊評論等。作者一顆不老的詩心，洋溢在篇篇佳構中。

⑨⑥雲霧之國

合山究 著

使中國風土之特殊性獨具一格的，與其說是天地的廣大，不如說是因塵埃、雲煙等而為之朦朦朧朧的自然空間吧！精氣、神仙、老莊、龍、山水畫、奇書等，其產生是有如何玄妙的根源啊！就以「雲霧」為起點，讓我們一起走進這美麗幻夢般的世界。

⑨⑦北京城不是一天造成的

喜樂 著

打從距今七百五十多年前開始，北京城走進歷史的繁華紛亂。現在，且輕輕走進史册中尋常百姓的那頁，一盞清茶、幾盤小點，看純中國的挿畫、尋純中國的足跡。由博學多聞的喜樂先生做嚮導，就讓你我在古意盎然中，細聆歲月的故事。

⑨⑧兩城憶往

楊孔鑫 著

霧裡的倫敦、浪漫的巴黎，除此之外，這兩城你可還留有其他印象。本書是作者派駐歐洲新聞工作二十多年的記錄。透過作者敏銳的筆觸，且讓讀者徜徉在花都、霧城的政經社會、文化藝術、風土人情以及歷史背景中。

⑨⑨吹不散的人影

高大鵬 著

時代替換的快速，不知替換了多少人生舞臺上出現刹那的面孔；而人類，偏又是最健忘的族群。本書中所收錄的文章，均是作者用客觀的筆，爲曾替人類社會或文化默默辛勤耕耘的「園丁」們，做最眞實的文字記錄。

⑩⓪桑樹下

繆天華 著

本書是作者在斗室外桑樹蔭的綠窗下寫就的小品散文。作者試圖在記憶的深處，尋回那些感人甚深的、發人深省的，或者趣味濃郁的人文逸事，不惟激勵讀者高遠的志趣，亦能遠離消沉、絕望的深淵。

⑩ 文化脈動

張錯 著

「我是一個文化悲觀者，因爲我個人一直堅持某種希臘式的古典禮範，而這種文學或文化古典禮範，已日漸有如夫子當年春秋戰國的禮崩樂壞。」作者就是以這顆悲憫的心，用詩人敏銳的筆觸，深刻而熱切的批判著臺灣的文化怪象。

⑩ 牛頓來訪

石家興 著

本書爲作者三十多年來從事科學工作的心情寫照，包括思想、報導、論述、親情、遊記等等。文中處處流露出作者對科學的執著與熱愛，及超越科學之外的人文情懷，篇篇清新雋永，理中含情，情中有理，爲科學與文學的結合，作了一番完美的見證。

⑩ 深情回眸

鮑曉暉 著

作者生長在一個顛沛流離的時代，雖然歷經千辛萬苦，但行文於字裏行間，卻不見怨天尤人；有的只是對以往和艱苦環境奮鬥的懷念及對現今生活的珍惜，以及世間人事物的觀照及關懷。做爲一本懷舊之作，或是清新的生活小品，本書皆爲上乘之作。

⑩ 新詩補給站

渡也 著

你寫過新詩嗎？你知道如何寫一首具有詩味的新詩？本書是由甫獲得「創世紀四十周年創作獎」的詩人兼詩評論家渡也先生，深入而精闢的剖析一首新詩的形成過程，指導初學者從如何造簡單句到如何寫出一首詩，是一本値得新詩愛好者注意的書。